亲爱的朋友们，你们在人生的旅途中，多数时间可能是不顺的，就像是在山间甚至是谷底穿行，山重水复，荆棘丛生，那种感觉一定不会很好。

当你遇到人生的困境，穷困潦倒，没有机会，努力付出却没有回报，还没有人帮你……这时候支撑你走下去的，也许就是你曾经读过的一首诗。

陈十甲

.

读书，带我去山外边的海

陈行甲　主编

许渊冲　译

陈昶羽　注析

人民日报出版社

北京

图书在版编目（CIP）数据

读书，带我去山外边的海 / 陈行甲主编；许渊冲译；陈昶羽注析. —2版. —北京：人民日报出版社，2024.1
ISBN 978-7-5115-8159-4

Ⅰ. ①读… Ⅱ. ①陈… ②许… ③陈… Ⅲ. ①诗歌欣赏－中国 Ⅳ. ①I207.2

中国国家版本馆CIP数据核字（2023）第252205号

书　　名：读书，带我去山外边的海
　　　　　DUSHU, DAI WO QU SHAN WAIBIAN DE HAI

主　　编：陈行甲

出 版 人：刘华新
选题策划：鹿柴文化
特约编辑：王晓彩
责任编辑：张炜煜　　贾若莹

出版发行：**人民日报**出版社
社　　址：北京金台西路2号
邮政编码：100733
发行热线：（010）65369527　65369846　65369509　65369512
邮购热线：（010）65369530　65363527
编辑热线：（010）65369514
网　　址：www.peopledailypress.com
经　　销：新华书店
印　　刷：大厂回族自治县德诚印务有限公司
法律顾问：北京科宇律师事务所 010-83622312

开　　本：880mm×1230mm　　1/32
字　　数：95千字
印　　张：6.5
版次印次：2024年1月第2版　　2024年1月第1次印刷

书　　号：ISBN 978-7-5115-8159-4
定　　价：58.00元

陈行甲

全国优秀县委书记、公益人。

本科毕业于湖北大学数学系，硕士毕业于清华大学公共管理学院，后被公派美国芝加哥大学留学。

历任镇长、（县级市）市长、县委书记等职。2016年任期届满拟被提拔时辞去公职，创立深圳市恒晖公益基金会。现为中国光彩事业促进会常务理事、深圳市人大常委会社会建设工作委员会委员。

2015年被评为"全国优秀县委书记"；荣获"2017年度中国十大社会推动者"、"2018年度中国公益人物"、2019年《我是演说家》全国总冠军、"2022年度华夏公益人物"、"第18届·2023爱心奖"等荣誉。

许渊冲（1921—2021）

北京大学教授，著名翻译家。他一生笔耕不辍，著译作品百余部，在中国古诗英译方面，形成韵体译诗的方法与理论，被誉为"诗译英法唯一人"。在国内外出版中、英、法文著译100多本，包括《诗经》《李白诗选》《红与黑》《追忆似水年华》等中外名著。

2010年荣获中国翻译协会表彰个人的最高荣誉奖项"翻译文化终身成就奖"；2014年荣获国际翻译界最高奖"北极光"杰出文学翻译奖，系首位获此殊荣的亚洲翻译家；2020年荣获"第四届全球华人国学传播奖之海外影响力奖"。

读去吧 我去
山外远的海

许渊冲

目录

跨越山海，看见家乡

陈行甲

　　我在黔东南回访参加"梦想行动·童行中国"夏令营的孩子们的时候，得知《读书，带我去山外边的海》要再版了，人民日报出版社嘱我写一篇再版前言。六年时间一晃就过去了，我也确实有一些话想说——给孩子们，给志愿者们，也给关心山村孩子教育成长的朋友们。

1

　　"读书，带我去山外边的海"夏令营已经举办了六期，从第三期开始，我和公益伙伴从文商量把这个夏令营更名为

"梦想行动"，更加简练且直接地以梦想为名，把一年一次的阶段性夏令营活动，升级为一个延续到全年的乡村少年教育关怀公益项目。我们希望通过这个公益项目，把梦想的力量带给像当年的我们一样的山村的孩子们。

我们把夏令营活动升级为一个公益项目的逻辑基础是一个思考题：广袤的乡村里，现在孩子们最需要的教育关怀到底是什么？

三十年前，中国最好的，也是最有活力的公益慈善项目是"希望工程"。它通过发动社会爱心来关注乡村孩子的教育，向社会筹钱，为偏远的基础条件很差的地方建设希望小学，为众多困难家庭的孩子筹集学杂费、生活费，帮助他们完成九年制义务教育。"希望工程"在当时国家普及九年制义务教育的时代背景下，通过发动社会力量为党和政府教育扶贫的大政方针发挥了重要的补充作用。

三十年过去了，时移世易。党中央国务院早已将九年制义务教育阶段全国所有孩子的学杂费都免了，给孩子们筹学费这件事已经归于历史；乡村社会里以亿为单位计的农民工进城打工，他们每月辛辛苦苦挣的钱，最优先的花费恐怕就是保障孩子读书的生活费。所以从总体上说，乡村孩子们并不缺每月三五八百的生活费。不排除极少数孩子仍有生活费困难的情况，但是从总体上看，这个需求是基本消失了的；至于乡村学校的硬件建设，和三十年前比较，恐怕要用天翻地覆这个词来形容才比较合适。我六年前在黔东南州从江县西山镇的顶洞村和捞里村调研，发现那里村办小学的三层教学楼宽敞漂亮，学校有不错的篮球场，教室窗明几净，有电子黑板，有网络联通外面的世界，还可以共享城里学校的网络课堂——这是三十年前的孩子们做梦都不敢想的事情。

那么，随着国家政策的完善、山村教学条件的改善，乡村孩子们的教育水平是否也随之提升了呢？我们只从一个维度来看看，管中窥豹，可见一斑。俞敏洪老师是我的公益伙伴，他说四十年前在北京大学念书的时候，北大有百分之三十的学生来自农村；二十多年前，我在清华大学念书的时候，当时也有一个数据，清华有百分之十几的同学来自农村。可是我们现在到北大、清华去看看，里面还有多少孩子来自于真正的农村？以至于北大、清华要通过在农村区域降五十到六十分的"自强计划"等方式特招农村孩子，才能保证北大、清华还有一定比例的农村孩子。前几年，北大在中部某省份的特招名额没用完，导致一个比分数线低了一百多分的孩子"捡漏"上了北大，这个孩子差点儿被退学，后来是在舆论的推动下又被录取，这件事最能说明问题。其实不光是北大、清华，在C9顶尖大学联盟的高校，在985重点大学，近些年我们还可以看到多少真正农民家的孩子呢？

这是一个宏观的观察，我还有一个微观的观察。我是我老家那个小村子里的传奇：第一个本科大学生，第一个硕士，而且是清华的，第一个公派留洋的。五十年过去了，我仍然是我老家那个村子的传奇，甚至不谦虚一点儿说是那整座山的传奇。这对我个人来说是一个正剧，但是对于我的家乡来说绝对是一个悲剧，五十年过去了，那个山旮旯儿没有再走出第二个陈行甲。

通过我们的社会观察，是不难看出这样一个趋势的：随着社会的发展、政策的进步、经济条件的改善，城乡的孩子在教育上的差距在某种意义上不但没有缩小，反而是在扩大。这是一个不让人乐观的趋势。一个底层人向上流动的通道不断拓宽而不是不断收窄的社会，才是一个越来越有活力的社会。我们需要改变这种趋势。

问题出在哪儿？改变的关键点在哪儿？

按照国际通行的KSA教育理论，孩子的教育可以分为Knowledge（知识）、Skill（技能）、Attitude（态度）三个层面。在K、S层面，城市和农村用相同的教材，教学水平的差距可以有较多方法去弥补，而且对考试这种工具理性的重视程度乡村其实并不差。但是在A这个层面，城市和贫困地区之间的鸿沟是越来越大的。

那么A是什么？把Attitude简单翻译成态度，并不能表达其真实的含义。Attitude表示的是孩子通过审美教育获得的对于美好事物的感受能力，是孩子通过开阔视野获得的对于世界的好奇心，是孩子通过梦想激励获得的对于人生成长的内驱力。这些试卷不考的能力，也是不好教的能力，往往决定着孩子们通过教育这个通道来提升人生成长的效率和持续性。

怎么样实施Attitude教育？西方的教育理论是Liberal Arts Education，我们通常翻译成"博雅教育"。城市里的孩子，由于老师的视野更开阔，知识储备更丰富，课堂里这种教育本就优势明显；城市里的文化教育公共服务设施更完善，有博物馆、科技馆、图书馆、音乐馆；再加上城里家长能提供的课外条件各方面都更好，有动辄几百上千元一次的各种音乐、美术等兴趣培训课，有各种进行梦想体验的机会。广袤的乡村没有这些条件。上面讲到的每一点，对农村的孩子基本上都是奢求。

那么，乡村的孩子们只能认命了吗？

答案是否定的！这也是我们这些从偏远山村走出来的人应该承担的责任，我们这些被时代的红利和命运所眷顾的山村孩子，应该去思考，去行动，去帮助。这就是我和从文把"读书，带我去山外边的海"夏令营，升级为"梦想行动"乡村少年教育关怀公益项目的原动力。

2

要点燃山村孩子通过读书去改变自己命运的梦想，不是一件容易的事情。说一个概念容易，讲一堂课容易，做一场活动容易，甚至办一次夏令营都容易，但是把梦想的种子真正种到孩子们的心里不容易，给这颗种子培土、浇水、施肥，让它成长就更不容易了。

回望我的童年，如果说小学三年级张永国老师的《山那边是海》那一课在我幼小的心灵中播下了梦想的种子的话，那么这颗种子是怎么生根发芽成长的呢？它是在一片什么样的土壤里长出来的？

我小学是在一个条件极差的村办小学读的，但是我小学毕业的时候参加全县统考的成绩是全乡第一名，这在我老家那个乡里是空前绝后的。那所学校多年前就被撤销了，前年回老家时我还去看了布满衰草枯杨的村小废墟，在那里扶着废弃的小学教室门框照了一张照片。在我的求学经历中，我的小学毕业成绩是比我后来考到省城念大学、考到清华读硕士、考到美国留学都更让我自豪的成绩。

在学习生涯中，我并没有感觉到特别苦累，但是一直学习得不错。想要读书去看山外边的海的动力之外，是什么力量支撑了我那些年的成长？回想起来，童年生活中的几个细节浮现在我脑海里。

我的整个童年时代都是跟随妈妈在山区农村度过的，那时爸爸在遥远的地方做税收员，一年回来一次。从懵懂记事的四五岁起，每当家里来客人的时候，妈妈忙着做饭，大我一岁半的姐姐给妈妈打下手在灶膛捡火，我就充当陪客人的角色。母亲后来讲起在灶屋里听我和客人聊天，我每每学着她的样子问客人家里有几口人、喂了几头猪、种的是一些什么田之类的问题，她总是会忍不住笑。

等我稍微长大一点儿，妈妈出坡都会带着我。我帮妈妈提个筐筐、拿个挖锄什么的，在田间地头妈妈也安排我干点儿力所能及的活儿。那时候妈妈干农活要趁天光，总是天快黑了才收工回家。我提着小筐筐走在前面，妈妈背着大背篓走在后面，看着汗湿了衣裳的妈妈，我总是试图帮她多拿一些，妈妈也会象征性地让我多拿一点儿，母子欢声笑语地往家的方向走。回家的山路上，妈妈有时也会随手扯一些小花小草让我拿着。小时候我胆小，怕鬼，路上妈妈总是跟我说"甲儿往前走，莫回头"，我知道妈妈说的意思，天快暗了时回头看一些影影绰绰的树木的轮廓，怎么看都觉得它们有点儿像鬼，而往前走就是家的方向，那是温暖的光明的地方。记忆中回家的路上，望着前面山的轮廓被天边的晚霞勾勒出温柔的曲线，一点点变红，又一点点变暗，童年的我甚至有想流泪的冲动。我那时尚不知道该如何表达，但是那种美好已经种进了我的心田。

现在回想起来，童年当小主人的陪客经历，跟着妈妈出坡劳动的经历，于我是极其宝贵的。这些经历歪打正着地锻炼了我的沟通能力、感受能力和共情能力，在漫长的成长岁月里，这其实是比会答题、会考试更基础、更重要的能力。

打个比方吧，如果说考试答题的技巧是武功中拳术剑法的话，那么观察事物、感受美好，与人沟通、体恤他人、承受挫折的能力就是内力了。真正决定一个人的武功水平的，应该是内力。

走过人生的半场，见过很多的人和事，我有一个很深的感悟：真正决胜千里的，是这些试卷不考的能力。

我的判断是，未来将属于两种孩子：一种是有趣的孩子，另一种是可以吃任何苦的孩子。有趣就是有感受世间美好事物的能力，有观察能力、沟通能力、共情能力。可以吃任何苦则是面对未来社会的竞争和压力，孩子最好要具备的能力。

面对"寒门再难出贵子"的哀叹，我们如果把这两种能力重视起来，就会发现寒门其实并不落下风。在人生的长跑中，寒门子弟可能起步偏慢、偏后，但是他们在低处感受到的人世美好，体会到的冷暖疾苦，培养出的共情能力，磨练出的吃苦耐劳，以及想去那个最远的地方的渴望，这些"内力"完全有可能让他们在后面的路程中完成追赶和超越。

孩子们的这些"内力"，值得我们设计好的公益项目去播种、培土、浇水、施肥。我们希望通过这一项目，使社会意识到对于乡村孩童的教育，审美教育、视野拓展、梦想激励等"软性实力"的培养不是奢侈品，而是必需品。我们希望，通过和孩子们一起沉浸体验他们触手可及的身边美好事物，提高他们的审美能力；通过大师志愿者们讲授国学相关知识，提高孩子们的文学修养；通过参观博物馆、科技馆、大学，让孩子们了解历史的沉淀，认识最前沿的科技成果，拓展他们的认知边界；通过"梦想课堂"的讲解，激发他们通过读书改变自己命运的内动力，为他们补上一堂缺席已久的"博雅教育第一课"。

我们将参与活动的对象定为黔东南州所有的七八年级学生，以及对应这些孩子教学的乡村教师。在每年的春季开学后，我们和共青团黔东南州委员会一起向全州的初中学校发布"梦想征集令"，向所有适龄孩子征集梦想作品，作品形式不限，鼓励孩子们用一切他们喜欢的方式表达梦想：讲故事，画画，唱歌，跳舞，演奏乐器，展示书法以及折纸、剪纸、竹编、花篮等一切他们喜欢的手工艺，总之只要是表达梦想就行。我们和团州委根据孩子们梦想表达的情况遴选出60名孩子，外加14名乡村老师参加每年7月底的公益夏令营。乡村老师作为带队人员看顾学生的安全，记录学生的成长，同时也开拓自己的视野，学习博雅教育的方法。夏令营活动结束后，我们会进行总结梳理，为每一个孩子做好成长档案，为家庭困难的孩子连接社会爱心帮助。每年11月和次年3月开展回访工作，启动《人生五年》公益纪录片的拍摄，持续陪伴和记录孩子们的成长。BBC曾拍摄过一部伟大的纪录片《人生七年》，连续记录14个普通人56年平凡而又独特的人生，最后产生了震撼人心的社会效果。我们不奢望去和这部作品比较，但是我们也希望用诚恳的心去陪伴和见证一代山村孩子的成长。

对于每一名参加了梦想征集而没有来到夏令营的孩子，他们的梦想表达都不会白费。他们将得到一份梦想礼物，那就是"山与海"诗歌赏析内容的博雅课教材，和一套以四季大海为主题的明信片。我们相信这份礼物可以将梦想的力量带给每一个心里有梦想种子的孩子。梦想是这个世界极其昂贵又极其低廉的东西：其昂贵之处在于无论你多么有钱，如果感受不到那种未来在召唤着你的力量，你就是没有；其低廉之处在于，无论你多么卑微，只要你看到一簇野花会怦然心动，你看到落霞染红远山的轮廓会感动，你有像鸟一样飞越你的山的渴望，梦想就已经驻进你的心田了。

3

2020年暑假，因为新冠疫情，孩子们不能跨区域流动，来不了深圳的大海边。怎么办？孩子们不能来，那我们就去，我们带着大学教授，带着人民日报社会版的主编，带着知名的文史作家，带着专业的乐队，带着企业家，带着志愿者，把大海的气息打包，带到山村孩子们的身边。为了就近扩展孩子们的视野，同时激发他们对家乡的热爱，我们通过前期调研深挖当地的非遗文化，由山外的老师们来设计生动活泼的场景，让孩子们和"非遗"传人们一起深度体验家乡的非遗文化。我们的活动口号是"跨越山海，看见家乡"。"新冠疫情"持续了三年，我们坚持了三年，每年暑假把大海的气息带到山村，陪伴孩子们度过一个欢乐的夏令营。

2023年暑假，新冠疫情结束了，接下来的夏令营活动怎么办？团队一起复盘过去的五年，发现在黔东南山村里举办的三期夏令营整体效果要好于在深圳大海边的那两期。一是孩子们不用经历从偏远山村到鳞次栉比、五光十色的繁华都市之间的视觉落差和心理落差，可以没有紧张感地第一时间融入活动；二是和孩子们一起在家乡用发现的眼睛去体验少数民族的传统文化，高效率地提升了孩子们的审美能力、感受能力和表达能力。对山村孩子来说，心中的那片海，是比眼中的那片海更加有意义的存在。团队一起商量后决定，新一阶段的夏令营，仍然以"跨越山海，看见家乡"为主题，到黔东南山村举办，而到深圳大海边的游览体验将被放到后面，作为陪伴孩子们成长过程中的适时补充。

在黔东南，我们的"梦想行动"夏令营分别在从江县、天眼小镇、雷山县、三穗县举办。每一期的夏令营，我从头至尾全程参加。作为孩子们的梦想导师，我悉心观察每一个孩子，和他们有很多难忘的交流。

2021年7月20日，是我们的夏令营在从江县西山镇的报到日，孩子们欢乐地相聚在一起。第二天中午，家就在本镇乡下的13岁的小燕找到我，说："陈老师，我要回去了，我爸爸来找我，让我今天就回去。"我细问才知道，原来是小燕爸爸说他和小燕妈妈要打工，家里爷爷身体不大好，让小燕回去给上小学的弟弟做饭吃，夏令营这种"玩"的事情，不准参加了。小燕在前期的梦想征集中画的画充满了梦想的张力，她来跟我告别时的眼神黯淡无光。我跟小燕说："你先别走，我来跟你爸爸说。"当时小燕的爸爸已经回去，我找不到他，就跟来参加夏令营开幕式的副县长说了这件事，请他帮忙找到小燕的父亲并说服对方，我要把小燕留下来。副县长一口答应，在活动结束后便去了小燕家里慰问。最后，小燕父亲终于答应让女儿继续参加夏令营。那几天里，我注意到小燕像一只好不容易逮着机会在院子里低空飞翔的燕子，全心地投入，近乎贪婪地享受着和志愿者老师们一起活动的分分秒秒，她眼中的光芒让人动容。

2022年7月22日，在雷山县的郎德苗寨村子里，文史专家志愿者王鼎杰老师在风雨桥上给孩子们上完课，让孩子们三五人一组，带着老师交给他们的方法和问题到村寨里随机访问一户在家的农民。那个间隙我坐在风雨桥下的河边开了一个电话会，会后我坐在河边的石头上听潺潺的水声和山林中的鸟叫声，一时有些出神。过了个把小时，附近一个男孩的声音轻轻地叫我："陈老师，陈老师，您还好吗？"我回过神来，发现是上初二的小鹏在喊我。小鹏一副黝黑黝黑的样子，笑容有些拘谨，但是非常真诚。原来小鹏那个小组的村庄调查已经完成，他回到风雨桥的集合地点，发现我一个人坐在不远处的河边似乎有点儿落寞，就过来关心我。

那天我俩在大部队集合之前聊了半个多小时。小鹏告诉我，他跟着爷爷生活，很小的时候母亲就不在了，父亲在广东打工，每年春节回来一次。小鹏平时在镇上中学寄读，放假就回爷爷家。小鹏会干农活，会做饭，只要一回家就是爷爷的好帮手。我问小鹏还记得母亲的样子吗，他说已经不太记得了，但是又笑笑说印象中很小的时候感觉母亲对他很好。

2022年夏令营的闭营仪式上，我们把广州的秘密后院乐队请到了黔东南的山村，这是一个发行了十多张专辑的业内网红乐队，他们自带全套专业音响设备，自带干粮，零报酬前来。那天演出的主题是"秘密后院·学堂乐歌山海行"，主唱匡笑余把从前的古诗词重新谱曲，乐队五人弹奏演唱。我们的舞台就搭在山林旁边的小河边，顶棚是傍晚蓝蓝的天空，幕布是背后葱郁的山林，还有潺潺的小河流水在轻声地伴奏着。那天秘密后院乐队唱了十二首古诗词之歌，歌声里中国文学之美，格律之美，日常之美，四季之美，天地万物之美莫不包容其中。孩子们陶醉了，志愿者们陶醉了，在那一刻，每个人都能感受到我们的国家曾经是个诗歌的国家。

当晚的最后一首歌是《送别》，匡笑余邀请我上台一起演唱。那时刚好夕阳最后一抹余晖映照在身后的山林。在演唱前，我拿着话筒跟孩子们说了一番话："这首歌由李叔同先生填词，曲谱则用的是美国曲作家奥德韦一个多世纪以前的作品，那首作品的原名是 *Dreaming of Home and Mother*（《梦见家和母亲》）。离别是我们人生的常态，我们一点点长大的过程，也是我们一步步离开家乡、离开亲人的过程，有很多离别充满着无奈。孩子们，我们将来会长大，会离开家乡，会离开亲人，无论我们走到哪里，只要我们带着家乡的温暖上路，带着亲人的温暖前行，我们都会充满力量。""孩子们，夏令营就要结束了，我们会回到深圳，回到广州，回到北京，回到上海，但是我们会带着你们的笑容回程，我们还会再来。""孩子们，记住今天的夕阳，记住今天的音乐，记住今天的诗歌。我在人生的大海边等着你们！"

　　演唱的过程是温暖的，我们在台上轻声地唱，孩子们在台下轻声地和。我注意到坐在台下第二排的小鹏，我和他一直在眼神交流。隔着渐暗的天色，我看到了小鹏眼中的泪光，看到了很多孩子眼中的泪光。

2023.12

海 思

梁 衡

没有见过海，真想不出她是什么样子。

眼前这哪里是海呢？只有水，水的天，水的地，水的色彩，水的造型。那如花盛开的浪，时起时伏的波，星星点点的雨，湿湿蒙蒙的雾，一起塞满了这个蓝天覆盖下的穹庐。她们笑着、叫着，舔食着天上的云朵，吞没了岸边的沙滩，狂呼疾走，翻腾飞跃。极目望去，那从天边垂下来的波涛，一排赶着一排，浩浩荡荡，如冲锋陷阵的大军；那由地心泛起的浪花，沸沸扬扬，一层紧追着一层，像秋风田野上盛开的棉朵。那波浪互相拥挤着，追逐着，越来越近，越来越高，来到脚下时便成一道道齐齐的水墙，像一匹扬鬃跃蹄的野马，呼啸着扑上岸来，"啪"的一声，一头撞在那些高大的礁石上，顷刻间便化作了点点水珠和星星飞沫。还不等这些水珠从礁石上退下，又是一排水墙，又是一声巨响，一阵赶着一阵，一声接着一声，无休无止，无穷无尽。倒是水雾里的那几只海鸥在悠闲地盘旋着，打着浪尖。我站在礁石上，任海风鼓满襟袖，任浪花打湿鞋袜，那清风碧波，像是从天上，从地下，从四面八方，从我的五脏六腑间一起涌过。我立即被冲洗得没有一丝愁绪，没有一星杂虑。而那隆隆的浪、滚滚的波，那浪波与礁石搏斗的音乐，又激荡起我浑身的热血。海啊，原来是这个样子！

　　每天，我在海边散步，便被织进一张蓝色的大网中。我知道这水和空气本是透明无色的。但天高水深，那无数的"无色"便织成了这种可见而不可触的蔚蓝色，似有似无，给人一种遐想，一种缥缈，一种思想的驰骋。朱自清说，瑞士的湖蓝得像欧洲小姑娘的眼，我这时却觉得这茫茫的大海蓝得像一个神秘的梦。

　　渐渐地，我奇怪这海的深和阔。那滚滚的海流何来何去？那万丈长鲸，何处是它的归宿？那茫茫的彼岸又是什么样子？我想起书上说的，在那遥远的百慕大海区，舰艇会突然失踪，飞机会自然坠落。在大西洋底，有比喜马拉雅山还高的海岭在起伏，有比北美大峡谷还深的海洋深谷在蜿蜒。还有那海底的古城，那长满了绿苔的墙，那曾是住宅和商店的房。真不知这一片深蓝色中还有多少个这样的谜。本来，不管是亚洲高原上的大河，还是澳洲大陆上的小溪，都将在这里汇合；不管是杨贵妃沐浴过的温泉，还是某原子能电厂用过的冷水，都要在这里相聚。时间和空间在大海里拥抱。太阳晒着将这一切蒸发、循环；台风鼓着，将它们翻腾、搅拌。亿万年的历史，五大洲的文明，纵横相间，一起在这里汇拢，融进这片深深的蓝色。科学家说，物质是不灭的，那么捧起一掬海水，这里该有属于大禹那个时代的氢，也该有哥伦布呼吸过的氧。于是，我明净的心头又涌上一汪蓝色的沉思。

我从海湾的那边返回时，是乘的船。风平浪静，皓月当空。船在月光与水波织成的羽纱中漂荡。我躺在铺位上，倾听那海风海浪的细语，身子轻轻地摇晃着，不由想起唱着催眠曲的母亲和她手里的摇篮。本来，地球上并没有生命，是大海这个母亲，她亿万年来哼着歌儿，不知疲倦地摇着，摇着，摇出了蜉蝣生物，摇出了鱼类，又摇出了两栖动物、脊椎动物，直到有猴、有猿、有人。我们就是这样一步步地从大海里走来。难怪人对大海总是这样深深地眷念。人们不断到海边来旅游，来休憩，来摄影、作画、寻诗觅句，原来是为了寻找自己的血统，自己的影子，自己的足迹。无论你带着怎样的疲劳、怎样的烦恼，请来这海滩上吹一吹风、打一个滚吧，一下子就会返璞归真，获得新的天真、新的勇气。

人们只有在这面深蓝色的明镜里才能发现自己。

　　弃船登岸时，我又转过身来，猛吸一口这海上带咸味的空气。

梁衡：

　　著名学者、作家、新闻理论家，原国家新闻出版署副署长、人民日报社原副总编辑，人教版中小学教材总顾问。代表作有《觅渡，觅渡，渡何处》《大无大有周恩来》《把栏杆拍遍》等。有60多篇次作品入选大、中、小学课本。本文是作者特意为此书修订而作序。

开篇语

带着他们跨越人生的山与海

陈行甲

 我创立的深圳市恒晖公益基金会，业务范围是我自己定的：贫困地区儿童的大病救助和教育关怀。大病救助这一块儿，我和正琛、秋霖、治中等[1]几个好朋友一起发起了"联爱工程"，致力于通过试点地区的公益实践，来探索因病致贫这个社会难题的规律性解决办法。"联爱工程"是一项愿景宏大、方法综合、千头万绪的事业，占用了我最主要的精力。好在我的几个公益合伙人都非常给力，大家从经历、能力甚至性格上都高度互补，精诚团结，我们前进途中又得到了中兴通讯创始人侯为贵老前辈等企业家的大力支持，两年多时间"联爱工程"从"一穷二白"起步，慢慢地做出了一

---

[1] 刘正琛，北京新阳光慈善基金会秘书长；陈秋霖，中国社会科学院健康业研究中心副主任；李治中，深圳市拾玉儿童公益基金会秘书长。

点儿样子，我的公益人生算是有了一个良好的开端。

贫困地区儿童教育关怀这一块儿，从去年和深圳市文科公益基金会联合举办的"读书，带我去山外边的海"夏令营起步了。我一直觉得，改变贫困的根本渠道在于教育，在于教育给那些贫困孩子带来的希望感，从而赋予孩子们成长的内在动力。一个有内在动力的孩子，无论他（她）出生在哪个贫困的山村，现在的状况多么艰难，他（她）的人生成长的高度都是无限的。

我出生成长于一个偏远穷困的山村，在村里念小学，乡里念初中，县城念高中，省城念大学，北京念硕士，后来又有机会到美国学习。工作后从矿山安全员做起，几年后成为基层公务员，后来一步一步成为一个主政一方的党政官员，并且在任上获得了人民群众认可、党中央表彰的巨大荣誉。我从寒门走出，可是我的人生旅程几乎每一阶段都远远超出了自己的预期。

这些年社会在高速发展，但是处于社会底层的孩子们的上升通道似乎在慢慢变窄，人们不断发出"寒门再难出贵子"的哀叹。回望我自己的人生旅程，支撑我走到今天的根本力量在哪里呢？这是我很想捋清楚，很想传递给和当年的我一样的山区孩子们的东西。

仔细回想自己的人生旅程，我终于想清楚了：梦想，就是这个词，一个似乎被说滥了的词，支撑了我这么多年的人生。小时候，我最初的人生目标就是当一个走村串户的木匠，因为那种不愁吃不愁穿，走到哪里都被人需要、被人尊重的生活，曾是我见过的最体面的人生。但是，这个最初的人生目标在小学三年级的一天被改变了。那是一堂语文课，课文的题目是《山那边是海》。如远处闪耀着的微微的光亮，这篇课文在我懵懂的心中种下了一颗奇妙的种子，让我憧憬朝夕相伴的大山外那片从未见过的神奇的大海。我至今记得我的小学语文老师张永国老师，用残疾的左手托着书本，右手在昏暗教室里破旧的黑板上写下"山那边是海"这几个字时的情景。张老师蹒跚的背影，花白的头发，写在黑板上的那五个字，还有他那不标准的普通话……一幕一幕，四十年后仍然清晰地浮现在我的脑海里。可以说，那是一个特别的时刻，因为那一刻在一个卑微彷徨的山村孩子心里种下了一颗梦想的种子。

这个梦想对于我人生的意义，就是它一直在遥远的地方若隐若现，提醒着我，召唤着我，让我一直坚持做一个努力的人，一个刻苦的人。

如何把这种梦想的力量传递给现在大山里的孩子们呢？我和我的教育公益合伙人陈昶羽讨论，试图找到一个最合适的传递载体。陈昶羽本科毕业于南京大学文学院，现就读于北京大学燕京学堂，有比较深厚的文学功底，非常热心公益。我们最终在一个有共同深刻感悟的点上找到了这个载体，那就是在大海边给来自大山的孩子们讲一堂诗歌赏析课，主题就是"山与海"。和陈昶羽打电话讨论这次夏令营的课程设计时，我正在去贵州山区考察的火车上，由于信号时断时续，我们一个小时的电话中断了三次。当我们确定下这个讲课方案时，火车正好驶出一个长长的隧道，眼前是葱茏树木上面蓝蓝的天，那一刻我们都很兴奋。陈昶羽作为我的助手，和我一起挑选了十八首诗歌，从《诗经》开始，把多个朝代关于山与海的诗歌汇集起来，昶羽为每一首诗用心地撰写了解读和赏析，我决定亲自来给孩子们讲这堂诗歌赏析课。

我知道这是一个很难讲的课题，很容易俗滥。理想、情怀和假大空之间往往只有一线之隔。一代人有一代人的经历，曾经打动和激励过我们这一代人的东西，还能打动和激励下一代人吗？他们听得进去吗？他们会觉得"作"吗？

我最终还是决定尝试一下，在2018年举行的"读书，带我去山外边的海"主题夏令营第一堂课上，给孩子们讲《山与海——诗歌赏析》。走在群山的上面，看见星空后面藏着的脸……我相信，当年打动过我、激励过我的光亮、仍然能够打动现在的孩子们。在那堂课上，我跟孩子们讲了诗歌对我的人生的意义，然后跟孩子们一起重点赏析了几首诗歌，从现场孩子们兴奋的表情和憧憬的眼神里，我知道他们感受到了这种力量。这次夏令营非常成功。

今年，我们的夏令营活动全面升级了。《中国青年报》、中国青年网直接参与指导，共青团黔东南州委和我们联办，又有武汉学知修远教育集团、中少童行（北京）教育科技有限公司两家爱心企业大力支持，小善公益推广中心和香港中文大学（深圳）、香蜜公园自然学校等单位积极协助。我们将在黔东南州所有适龄孩子中发起梦想征集，希望孩子们通过写作或绘画的形式表达梦想，我们会根据孩子们对梦想的表达选择50~100个孩子在暑假来到深圳。对于那成千上万参加了梦想征集而又没能来到大海边的孩子，我们将有一份礼物送给他们，那就是这本出版的《读书，带我去山外边的海》。书的内容就是去年夏令营我在大海边给孩子们讲的第一堂课的内容"山与海"，除了陈昶羽为每首诗歌撰写的精彩赏析，还有青年画家志愿者付俊、蔡勇为这些诗歌精心创作的插画。我们能带到大海边来的孩子毕竟是少数，但是我们希望通过这本书把梦想的力量带给千千万万山里的孩子！

这本书在出版之前，又非常荣幸地得到梁衡先生和许渊冲先生两位大家的特别支持。炜煜今年5月带着我去拜访了梁衡先生，梁衡先生在听完我们公益游学夏令营的情况以及这本书的架构之后，欣然授权《海思》这篇经典文章作为本书序。许渊冲先生在得知我们这本书的思路之后，欣然允诺我们免费使用他的古诗英文翻译。梁衡先生是文学大家，许渊冲先生是著名学者、翻译家，被誉为"诗译英法唯一人"，国际翻译界最高奖"北极光"杰出文学翻译奖获得者。两位大家的特别支持，不仅使这本书的格局大大提升，也使我们公益游学的课堂更加丰富多彩了。

谨以此书和大山里的孩子们分享，也和大山里的老师们分享。有梦想的心灵终将发光。越过高山大海，穿过人山人海，梦想的光芒终将把我们的人生旅途照亮。

2019.7

诗歌对于我们人生的意义

陈行甲

（本文系陈行甲在夏令营开营仪式上的讲话）

同学们好：

　　欢迎你们来到美丽的海滨城市深圳。你们来自贵州的大山深处，都是第一次来到真正的大海边。我创立的深圳市恒晖儿童公益基金会和我的好朋友李从文先生创立的深圳市文科公益基金会，决定联合举办这样一个夏令营，这源于我们的成长经历和初心。我出生成长于湖北省兴山县一个偏远的小山村，从文先生出生成长于湖北省通山县一个偏远的小山村。三十多年前的我们，就和现在的你们一样，在绵延的大山中，在崎岖的山路上，在昏黄的灯光下，或守着羊群，或担着猪草，或抱着书本，想象着山外世界的样子。现在从文先生是一家全国知名的上市公司文科园林的创始人兼董事长，我是在国内疾病救助领域有一定影响力的公益组织的负责人，同时也任大学老师。从文先生和我是幸运的，我们凭借刻苦读书，考上大学，一步步穿越人生的山丘走到大海边。同学们，我们这次把你们接到千里之外的大海边，是因为你们的今天，就是我们的昨天。我们想让你们比当初的我们更早一点知道，人生的大海有多么辽阔。

这次的夏令营主题"读书，带我去山外边的海"，是我三年前发表在《人民日报》上的一篇文章的题目。在那篇文章中，我着重谈了诗歌对我人生的影响。在从古到今的诗歌中，我看到的风景、感受到的美、感悟到的爱、体会到的力量，给了我面对人生辉煌时的从容和面对人生低谷时的勇气。年轻的时候，我不仅酷爱读诗，还自己写诗。可以说，诗歌帮助我找到了人生的幸福。所以这次夏令营我决定给你们亲自讲一课，我要讲诗歌赏析，把我对诗歌的理解分享给你们。

诗是什么呢？诗人马一浮先生说：诗其实就是人的生命"如迷忽觉，如梦忽醒，如仆者之起，如病者之苏"。这是关于诗的高度概括。诗就是人性的苏醒，是离我们心灵本身最近的事情。如果仅仅从风花雪月、语言艺术、文学遗产、汉唐气象等角度来读诗歌，是不够的，没有与自己的心灵相会。

我跟大家讲一段我的经历。我出生成长在湖北省兴山县高桥乡下湾村，我们村没有小学，我只能在邻村茅草坝村的村办小学启蒙，在那里读到小学毕业，后来从乡村考到了县城的中学。有一年放寒假我坐班车回家，那一天下大雪，班车走到不到五分之一的地方，在一个叫五童庙的小地方就停下来不走了，司机说大雪封山，没法走了。这时我面临两个选择：一是和大家一样跟随班车回城，等天气晴了再回家；二是冒着大风雪走大约五十里山路回家。最终远方的妈妈对我的召唤给了我力量，我决定随着几个勇敢的大人一起，往家的方向走。记不清那天翻过了多少座山，只记得风雪中艰难地挪动脚步和快要被冻僵的感觉。天快黑的时候，我终于翻过了最后一个山包，远远地看见自己的家在对面的山脚炊烟袅袅，我止不住热泪盈眶。那一刻，"柴门闻犬吠，风雪夜归人"这句诗浮现在我的脑海里，它描写的"归人"恰如彼时归家的我。这便是诗歌对我们心灵的触动，读诗读到会心处，自己便成了诗人的前世今生。为什么诗歌会这样呢？胡晓明教授给了我们一个答案："诗歌表达了我们古今相通的人性。而这个古今相通的人性，正是中国文化内心深处的梦，是我们中国文化做梦做得最深最美的地方。"

　　少年时那次风雪中的顿悟，成为我后来人生中时常出现的意象，支撑我度过了人生中一些艰难的时刻。同学们，人生的路很长，我们每个人都不可能一帆风顺。顺境中的日子很好过，就好比我们爬上山顶，一览众山小，回首白云低的感觉真的很好；但是，孩子们，请相信伯伯这个过来人的话，你们将要经历的人生，多数时间可能是不顺的，就像是在山间甚至是谷底穿行，山重水复，荆棘丛生，那种感觉一定不会很好。当你遇到人生的困境，穷困潦倒，没有机会，努力付出却没有回报，还没有人帮你……这时候支撑你走下去的，也许就是你曾经读过的一首诗。

所以，同学们，我希望你们多读诗，去体会诗歌的美好意境。在今后的人生中，让诗歌去照亮那些一定会遇到的灰暗时光。

你们从大山里来，此刻在大海边。所以，我给你们讲的这一课诗歌赏析，主题就是"山与海"。

从诗歌总体形象上来看，"山"和"海"蕴含有深刻的意蕴。"山"和"海"，在诗歌意境里既指实际的山、实际的海，也可以寓意人对根的留恋和对远方的渴望，还可以意指人成长过程中的艰难险阻和最终达到的理想境界。

这堂课，我们从《诗经》开始，按历史脉络，梳理了十八首代表着山与海的灵魂的诗歌，我会选择重点来与你们一同赏析，希望对你们的学习、生活，甚至今后的人生成长有所启迪。

山与海的诗歌赏析

诗经·采薇

周/《诗经》

采薇采薇，薇亦作止。曰归曰归，岁亦莫止。

靡室靡家，猃狁之故。不遑启居，猃狁之故。

采薇采薇，薇亦柔止。曰归曰归，心亦忧止。

忧心烈烈，载饥载渴。我戍未定，靡使归聘。

采薇采薇，薇亦刚止。曰归曰归，岁亦阳止。

王事靡盬，不遑启处。忧心孔疚，我行不来！

彼尔维何？维常之华。彼路斯何？君子之车。

戎车既驾，四牡业业。岂敢定居？一月三捷。

驾彼四牡，四牡骙骙。君子所依，小人所腓。

四牡翼翼，象弭鱼服。岂不日戒？猃狁孔棘！

昔我往矣，杨柳依依。今我来思，雨雪霏霏。

行道迟迟，载渴载饥。我心伤悲，莫知我哀！

Book of Poetry
A Homesick Warrior

Zhou Dynasty / Book of Poetry

We gather fern

Which springs up here.

Why not return

Now ends the year?

We left dear ones

To fight the Huns.

We wake all night:

The Huns cause fright.

We gather fern

So tender here.

Why not return?

My heart feels drear.

Hard pressed by thirst

And hunger worst,

My heart is burning

For home, I'm yearning.

Far from home, how

To send word now?

We gather fern

Which grows tough here.

Why not return?

The tenth month's near.

The war not won,

We cannot rest.

Consoled by none,

We feel distressed.

How gorgeous are

The cherry flowers!

How great the car

Of lord of ours!

It's driven by

Four horses nice.

We can't but hie

In one month thrice.

Driven by four

Horses alined,

Our lord before,

We march behind.

Four horses neigh,

Quiver and bow

Ready each day

To fight the foe.

When I left here,

Willows shed tear.

I come back now,

Snow bends the bough.

Long, long the way;

Hard, hard the day,

Hunger and thirst

Press me the worst.

My grief overflows.

Who knows? Who knows?

注释

薇：野豌豆。

作：初生。

止：语气助词。

猃（xiǎn）狁（yǔn）：中国古民族名，春秋时为戎狄，
  秦汉时为匈奴，隋唐时为突厥。

柔：柔嫩。

烈烈：炽烈，形容忧心如焚。

聘：问候。

刚：坚硬。

阳：农历十月。

尔：花盛开的样子。

路：高大的战车。

骙（kuí）骙：马强壮。

腓（fěi）：隐蔽。

翼翼：行列整齐的样子。

弭（mǐ）：弓末弯处。

鱼服：鱼皮制的箭袋。

棘（jí）：急。

依依：柳条柔弱随风飘拂的样子。

译文

采薇菜呀采薇菜，薇菜刚刚冒出地面。说回家了回家了，但已到年末仍不能实现。有家等于没有家，都是为了和猃狁打仗。没有时间安居休息，都是为了和猃狁打仗。

采薇菜呀采薇菜，薇菜柔嫩初发芽。说回家了回家了，心中是多么忧闷。忧心如焚，饥渴交加实在难忍。驻防的地点不能固定，无法使人带信回家。

采薇菜呀采薇菜，薇菜的茎叶变老了。说回家了回

家了，又到了十月小阳春。征役没有休止，哪能有片刻安身？心中是那么痛苦，到如今不能回家。

那盛开着的是什么花？是棠棣花。那驶过的是什么人的车？当然是将帅们的从乘。兵车已经驾起，四匹雄马又高又大。哪里敢安然住下？因为一个月多次交战！

驾起四匹雄马，四匹马高大又强壮。将帅们坐在车上，士兵们也靠它隐蔽遮挡。四匹马训练得已经很齐整，还有象骨装饰的弓和鱼皮箭囊。怎么能不每天戒备呢？猃狁之难很紧急啊！

回想当初出征时，杨柳依依随风吹。如今回来的路途中，大雪纷纷满天飞。道路泥泞难行走，又饥又渴真劳累。满腔伤感满腔悲，我的哀痛谁体会！

这首诗是最早的战争诗、行旅诗、思乡诗，从空间的距离到时间的距离，写出了人生的悲喜交加。它的结构是极其特殊的，我们甚至可以说，这是一首"头重脚轻"的诗。它的"头"很重：直到"昔我往矣"之前的五段，都属于第一部分。在第一部分里，它一一细数着一个普通士兵跟随军队南征北战、四处漂泊的戎马生涯。它的"脚"很轻，轻到只有最后一段话，可就是这最后短短的四句、三十二字，拥有着足以穿过千年历史打动人心的力量。"昔我往矣，杨柳依依。今我来思，雨雪霏霏。"这四句诗被后人誉为《诗经》中最好的句子。是谁曾经在那个春光烂漫的春天里，在杨柳依依中送别我？而当我在大雪飘飞的时候经历九死一生返回的时候，还有谁在等我？别离时的春光，回归时的大雪，季节在变换，时光在流逝，我们离去，我们归来，而在来来去去里，我们失去了什么又得到了什么呢？这仿佛是个人生命的寓言。

最后一段里，这位漂泊的士兵终于熬过无数场战役，他的很多战友生命的最后一刻定格在战场上，永远失去了回家的机会。他是幸运的，他还活着，走在回家的路上。在这本应该满是喜悦的时刻，他为何还是如此悲伤？

因为他不确定，他这些年来日夜牵挂的那些人，是否也能如他那般安然无恙地在等待他。那时的人们，没有微信，没有电话，没有我们今天所依赖的通信方式；那时，人们相互联系只能写信。可是别忘了，我们的主人公是一位士兵。他驻扎的地点只能随着军队而频繁调动，当家人写给他的回信寄出时，他多半已经不在他写信时的那个地址。漫漫征程之中，他有可能没有家人的音信。

此时，他终于踏上回家的路，却怎么也高兴不起来。离家时的少年，如今或许已长出白发，那他的家人呢？他们还健在吗？如今又是哪般模样？离家越近，他的脚步越沉重，他想回家，又怕回家——害怕面对可能的物是人非。

诗人的叙述就停在了这里，我们不知道回到家的士兵究竟看到了什么，他与家人团聚了，抑或是看到一个自己不再认识的地方。可这也未尝不是一个最好的结局，至少在这一刻，命运的判决还未落下，一切都有无限的可能，包括他做过的最甜蜜的梦。

古诗十九首·行行重行行

南朝/《文选》

行行重行行，与君生别离。

相去万余里，各在天一涯。

道路阻且长，会面安可知？

胡马依北风，越鸟巢南枝。

相去日已远，衣带日已缓。

浮云蔽白日，游子不顾反。

思君令人老，岁月忽已晚。

弃捐勿复道，努力加餐饭。

Nineteen Old Poem
You travel on and on

Southern Dynasties / Anthology of Literary Writings

You travel on and on,

Leaving me all alone.

Long miles between us lie

As earth apart from sky.

The road is steep and far;

I can't go where you are.

Northern steeds love cold breeze,

And southern birds warm trees.

The farther you're away;

The thinner I'm each day.

The cloud has veiled the sun;

You won't come back, dear one.

Missing you makes me old;

Soon comes the winter cold.

Alas! Of me you're quit;

I wish you will keep fit.

重：又。这句是说行而不止。

生别离："生"是"硬"的意思，意为活生
生地分离。

相去：相距，相离。

涯：边际。

阻：道路上的障碍。

胡马：北方所产的马。

越鸟：南方所产的鸟。

已：同"以"。

远：久。

缓：宽松。

顾：思念，顾念。

反：同"返"，返回，回家的意思。

老：指消瘦的体貌和憔悴的仪容。

晚：指年关将近。

弃捐：抛弃。

你走啊走啊总是不停地走，我们就这样活生生地分离。

从此你我之间相隔千万里，我在天这头你在天那头。

路途那样艰险又那样遥远，再见面可知道是什么时候？

北马南来仍然依恋着北风，南鸟北飞筑巢还在南枝头。

彼此分离的时间越是长久，衣服越发宽松人越发消瘦。

飘荡的游云遮住了太阳，可是他乡的游子仍不想回还。

对你的思念使我容颜老去，又是一年很快地到了年关。

还有许多心里话都不说了，只愿你在外多多保重莫受饥寒。

思念，可以比时间更长、比空间更远。在那个年代，山与海的距离就是天涯和海角，很多时候生离即是死别，距离的意味更加沉重，因此分别的情感也更加刻骨铭心。

"行行重行行"，简单得几乎不像一句诗。它想表述的事实只需要一个"行"字便足以说明：想说的无非是心上人去了别处这件事；可想表述的心情却必须要四个"行"字的来回重复，甚至要加上一个"重"字的强调方才足够。哪怕惦记的人只是离开了很短的距离，对主人公而言都无比漫长——恨不得每秒都在心中细数：此刻离我又远了多少呢？

这首诗里，主观与客观的界限被诗人刻意模糊，我们不再分得清什么是主人公的感受，什么是真实的世界，主人公的心情被赋予给天地间的一草一木。在这样的世界里，胡马有情、越鸟思乡，或许不太符合生物学的"真实"，可谁又能说这样的心绪不是真实的呢？

因为人类有情，所以世界不再冰冷。人的身体被物理限制，人的寿命由时间看管，可我们的心灵世界另有一套规则——思念一个人时，它可以走得比时间更长、比空间更远。

观沧海

东汉/曹操

东临碣石，以观沧海。

水何澹澹，山岛竦峙。

树木丛生，百草丰茂。

秋风萧瑟，洪波涌起。

日月之行，若出其中；

星汉灿烂，若出其里。

幸甚至哉，歌以咏志。

The Sea

Eastern Han Dynasty / Cao Cao

I come to view the boundless ocean

From Stony Hill on eastern shore.

Its water rolls in rhythmic motion

And islands stand amid its roar.

Tree on tree grows from peak to peak;

Grass on grass looks lush far and nigh.

The autumn wind blows drear and bleak;

The monstrous billows surge up high.

The sun by day, the moon by night

Appear to rise up from the deep.

The Milky Way with stars so bright,

Sinks down into the sea in sleep.

How happy I feel at this sight!

I croon this poem in delight.

注释

临：登上。

碣（jié）石：山名。碣石山位于河北昌黎。

沧：通"苍"，青绿色。

何：多么。

澹（dàn）澹：水波荡漾的样子。

竦（sǒng）峙（zhì）：竦，通"耸"，高的意思。高高
地耸立。

洪波：汹涌澎湃的波浪。

若：如同，好像。

星汉：银河。

幸：庆幸。

甚：非常。

至：极点。

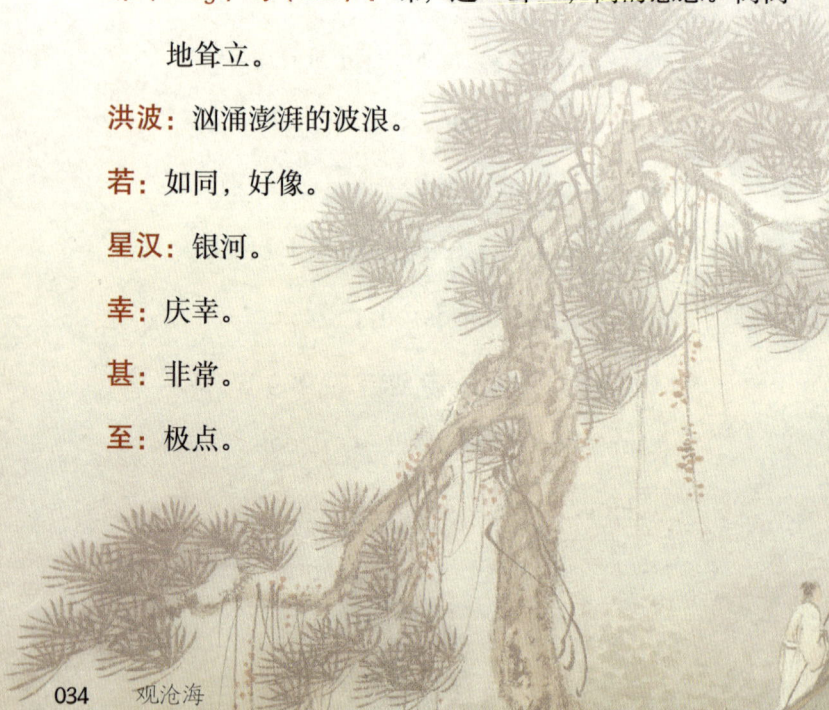

东行登上碣石山，来观赏苍茫的大海。

海水是多么的宽阔浩荡，海中山岛高耸挺立。

周围树木葱茏，花草繁茂生长。

萧瑟的风声从耳边掠过，海中翻涌着滔天的波浪。

太阳和月亮升起又降落，好像是从这浩瀚的海洋中出发又归来。

银河里的璀璨群星，也好像是从大海的怀抱里涌现出来。

能看到如此美好的景致我是多么幸运啊，就用这首诗来表达自己内心的志向吧。

诗，可以兴，可以观，可以群，可以怨。诗可以极小，小到分辨出绣花针落地的轻微声响；诗也可以极大，大到笼罩万物，涵盖天地。《观沧海》便是后者。

诗人戎马半生，南征北战，此刻终于驻足于一块耸立海边的礁石。这里广阔萧索、前方目之所及之处百里无人，诗人在此停下良久。部下不知为何，上前询问诗人所看者何，诗人不语，两行泪水却顺着脸颊流下——该怎么告诉你们我看到了什么？诗人想。我看到的不仅仅是这里的一座岛屿、一片树木、一汪海水，更多的是不在这里的——日月在我眼前升起又落下，草木在我眼前生长又枯萎，海水在我眼前涌起又退去……诗人看到的茫茫沧海，有着运转天地的庞大力量，藏着支配万物的宇宙法则。

　　统率着千军万马、早已是翻手为云覆手为雨的诗人，静静听着这起起落落的涛声，仿佛听到了这个庞大宇宙的心跳。这心跳的一起一落之间，便是世间的斗转星移、物是人非。在这里，权倾朝野如诗人，依然是渺小的。他知道，对于眼前的一切他都无权言说或评论，他能做的只是谦卑而忠实地记下自己的震颤与惊奇。

　　因为在有生之年得以窥见这浩大天地之一角，幸甚至哉。

春江花月夜

唐/张若虚

春江潮水连海平，海上明月共潮生。

滟滟随波千万里，何处春江无月明！

江流宛转绕芳甸，月照花林皆似霰。

空里流霜不觉飞，汀上白沙看不见。

江天一色无纤尘，皎皎空中孤月轮。

江畔何人初见月？江月何年初照人？

人生代代无穷已，江月年年只相似。

不知江月待何人，但见长江送流水。

白云一片去悠悠，青枫浦上不胜愁。

谁家今夜扁舟子？何处相思明月楼？

可怜楼上月徘徊，应照离人妆镜台。

玉户帘中卷不去，捣衣砧上拂还来。

此时相望不相闻，愿逐月华流照君。

鸿雁长飞光不度，鱼龙潜跃水成文。

昨夜闲潭梦落花，可怜春半不还家。

江水流春去欲尽，江潭落月复西斜。

斜月沉沉藏海雾，碣石潇湘无限路。

不知乘月几人归，落月摇情满江树。

The Moon over the River on a Spring Night

Tang Dynasty / Zhang Ruoxu

In spring the river rises as high as the sea,

And with the river's tide up rises the moon bright.

She follows the rolling waves for ten thousand li;

Where'er the river flows, there overflows her light.

The river winds around the fragrant islet where

The blooming flowers in her light all look like snow.

You cannot tell her beams from hoar frost in the air,

Nor from white sand upon the Farewell Beach below.

No dust has stained the water blending with the skies;

A lonely wheel-like moon shines brilliant far and wide.

Who by the riverside did first see the moon rise?

When did the moon first see a man by riverside?

Many generations have come and passed away;

From year to year the moons look alike, old and new.

We do not know tonight for whom she sheds her ray,

But hear the river say to its water adieu.

Away, away is sailing a single cloud white;

On Farewell Beach are pining away maples green.

Where is the wanderer sailing his boat tonight?

Who, pining away, on the moonlit rails would lean?

Alas! The moon is lingering over the tower;

It should have seen her dressing table all alone.

She may roll curtains up, but light is in her bower;

She may wash, but moonbeams still remain on the stone.

She sees the moon, but her husband is out of sight;

She would follow the moonbeams to shine on his face.

But message-bearing swans can't fly out of moonlight,

Nor letter-sending fish can leap out of their place.

He dreamed of flowers falling over the pool last night;

Alas! Spring has half gone, but he can't homeward go.

The water beating spring will run away in flight;

The moon over the pool will in the west sink low.

In the mist on the sea the slanting moon will hide;

It's a long way from northern hills to southern streams.

How many can go home by moonlight on the tide?

The setting moon sheds over riverside trees but dreams.

共：一起。

滟滟：水波闪动的样子。

甸：郊野。

霰（xiàn）：雪珠。

流霜：形容月光洁白如霜。古人以为霜和雪
一样，都是飞动的。

汀：沙滩。

青枫浦：地名，在今湖南省浏阳县内。这里
泛指游子所在的地方。

扁（piān）舟子：指飘荡在外的游子。

玉户：装饰华丽的楼阁，指闺中。

捣衣砧：捶衣服用的石板。

度：飞越。

文：即"纹"，波纹。

碣石潇湘：泛指天南地北。碣石，山名，原
为河北昌黎的大碣石山，现已沉落海
中。潇湘，潇、湘二水在湖南零陵区合
流后称潇湘。

春天的江潮奔涌着与大海连成了一片，一轮明月从海上升起，就好像与潮水一起涌了出来。

月光照耀着江面随着波浪荡漾千万里，无论哪里的春江都沐浴着明亮的月光。

江水曲曲折折地绕着花草丛生的原野流淌，月光照着开遍鲜花的树林，好像细密的雪珠在闪烁。

月色如霜，所以霜飞无从觉察，洲上的白沙和月色融合在一起看不分明。

江水和天空变成了一种颜色，没有一点儿微小的灰尘，明亮的天空中只有一轮孤月悬挂。

江边是谁最初看见了月亮？江上的月亮又是哪一年最初照耀着人们？

人生一代代相传无穷无尽，而江上的月亮一年一年地总是相似。

不知道江上的月亮在等待着谁，只见长江水永不停歇地东流。

游子像一片白云缓缓地离去，只剩下思妇站在离别的青枫浦不胜忧愁。

谁家的游子今晚坐在小舟上漂荡？又是什么地方有人在明月照耀的楼上思念离人？

可怜楼上不停移动的月光，应该照耀离人的梳妆台。

月光照进思妇的门帘卷不走，照在她的捣衣砧上拂不掉。

这时望着月亮可是没有爱人的音信，我希望随着月光去照耀着你。

鸿雁不停地飞翔却飞不出无边的月光，鱼龙在水中跳跃激起江面阵阵波纹。

昨天夜里梦见花落闲潭，可惜春天已过了一半自己却还不能回家。

江水带着春光将要流尽，水潭上的月亮又将西落。

斜月慢慢下沉藏进海雾里，碣石与潇湘的离人距离无限遥远。

不知道有几人能乘着月色回家，唯有那西落的月亮摇荡着离情洒满了江边的树林。

英国诗人柯勒律治曾写下这样的句子："如果一个人在睡梦中穿越到天堂，别人给了他一朵花作为他到过那里的证明，而他醒来时发现那花在他手中……那么，会怎么样呢？"对于《春江花月夜》而言正是如此，诗人做了一场漫长的梦，而这些诗句就是他醒来时手中那朵作为信物的花。

短暂与永恒、思念与离别，《春江花月夜》的核心主题也是整个中国文学史亘古不衰的母题。本书收录的《观沧海》《采薇》表达的也是同样的主题。而《春江花月夜》之所以孤篇横绝，名垂千古，便在于它呈现这些主题时独一无二的梦幻感。

诗中的景色自始至终被笼罩在洒满月光的雾气之中，江流宛转，月照花林，"空里流霜不觉飞，汀上白沙看不见"，我们无法确证这些动人心魄的美有多少来自真实，有多少来自诗人的想象——可在文学里，这是最不重要的事。

诗人的眼神迷离，看到的一切都影影绰绰、如梦似幻，他神思飘飞，在万千思绪之间任意穿行——从江水、月色到无尽的时间，到游子的相思。这也正是梦境给人的自由，我们可以摆脱一切现实的、逻辑的限制，只臣服于美的法则。

在这个意义上，文学与梦是同义词。就像以赛亚·柏林在《浪漫主义的根源》一书中对浪漫主义的阐述一样，它可以是陌生的，奇异的，神秘的，超自然的；可以是废墟，是月光，是沙漠间的城池；也可以是深山，是飞瀑，是狩猎的号角；还可以是暮霭中的古迹，是久远的家世，是失而复得的古老歌谣；它是对瞬间的狂喜，是对永恒的眷恋；也是怀旧，是幻想，是迷醉的梦，是甜美的忧郁与孤独的放逐。

昨夜闲潭，诗人做了一场漫长的梦，而我们有幸分享这朵永恒的花。

送杜少府之任蜀州

唐/王勃

城阙辅三秦，风烟望五津。

与君离别意，同是宦游人。

海内存知己，天涯若比邻。

无为在歧路，儿女共沾巾。

Farewell to Prefect Du

Tang Dynasty / Wang Bo

You'll leave the town walled far and wide

For mist-veiled land by riverside.

We part, officials far from home;

Over an alien land we roam.

If you have friends who know your heart,

Distance cannot keep you apart.

At crossroads where we bid adieu,

Do not shed tears as youngsters do!

注释

少府： 唐人称县令为明府，县尉为少府，与官署名之少府不同。杜少府，其人不详。

蜀州： 唐代州名，武则天垂拱年间置之，治所在今四川省崇州市。

城阙： 城楼，指唐代京师长安城。

三秦： 今陕西省潼关以西一带，本是秦国旧地，项羽破秦后，分为雍、塞、翟三区，称为"三秦"。事见《史记·秦始皇本纪》。

五津： 岷江的五个津渡。岷江自湔堰到犍为一段有五个渡口，即白华津、万里津、江首津、涉头津、江南津，是杜少府即将赴任的地方，这里泛指蜀地。

宦游人： 为外出做官而远游四方的人。

海内： 四海之内，即全国各地。

比邻： 近邻。古代五家相连为比。《周礼·地官·大司徒》："令五家为比，使之相保。"唐制，四家为邻。

儿女：感情脆弱的孩子。《后汉书·来歙传》："故呼巨卿，欲相属以军事，而反效儿女子涕泣乎！"

译文

　　三秦之地护卫着长安城，透过风云烟雾遥望蜀川。

　　与你离别心中有无限情意，因为我们同是在宦海中浮沉之人。

　　四海之内有知心朋友，即使远在天边也如近邻。

　　不要在岔路口分手之时，像小儿女那样悲伤泪湿衫袖。

赏析要点

　　王勃与杜少府同是在朝为官之人，宦海沉浮，身不由己，或许一纸调令便会远隔天涯海角。离别之际，甚至无法约定两人何时何地再相见，因为他们都知道此去经年，再次见面可能在来年，也可能在来生。

　　对于现代人而言，理解与友人离别之际的伤感并不困难，这是每个人都经历过的情感体验，但难的是体会古诗中送别时的情感强度。我们有幸生在一个生离不等于死别的年代，所谓"天涯若比邻"在今天已然从一句祝愿变成了一个事实。可是，在这件事情上，科技意义上的收益却意味着文学意义上无可挽回的损失，它意味着距离——这一被世世代代有情人凝视、思索、叹息的对象，慢慢地消失在人类文学情感的地平线上。对于拥有电子通信设备的人们，等待鸿雁传书的痛苦不再有

送杜少府之任蜀州

了，可"欲寄彩笺兼尺素，山长水阔知何处"的感触也不再有了；在一天可以随意发出成百上千条微信消息的时代，不再需要将千言万语塞进一封家书，也就不再需要"复恐匆匆说不尽，行人临发又开封"的小心翼翼。距离、时间、死亡，这些人力无法逾越的天堑，是生活的敌人，却是文学的朋友。它们的存在，让诗人的情感变得浓烈、厚重而深邃。

　　只有明白了这些，才能知道"海内存知己，天涯若比邻"实在不是一句可以轻易说出的话。这是对一个友人所能说出的最庄严、最深情的告慰——纵然此生再不能相见，仅仅是知道有你这样一个朋友在世间存在着，我就心有所慰，就足以确认自己在这荒凉的人世间终究并不孤独。

望月怀远

唐/张九龄

海上生明月，天涯共此时。

情人怨遥夜，竟夕起相思。

灭烛怜光满，披衣觉露滋。

不堪盈手赠，还寝梦佳期。

Looking at the Moon
and Longing for One Far Away

Tang Dynasty / Zhang Jiuling

Over the sea grows the moon bright;

We gaze on it far, far apart.

Lovers complain of long, long night;

They rise and long for the clear heart.

Candles blown out, fuller is light;

My coat put on, I'm moist with dew.

As I can't hand you moonbeams white,

I go to bed to dream of you.

注释

怀远：怀念远方的亲人。

情人：多情的人。指作者自己；一说指亲人。

遥夜：长夜。

竟夕：终宵，即一整夜。

怜：爱。

滋：湿润。

盈：满。盈手：双手捧满之意。

茫茫的大海上升起一轮明月，你我相隔天涯却共赏一轮月亮。

多情的人都怨恨月夜漫长，整夜难以入眠把亲人怀想。

熄灭蜡烛怜爱这满屋月光，披衣徘徊深感夜露寒凉。

不能把美好的月色双手捧给你，只希望能够与你相见在梦乡。

从这一刻起，海上的明月成为世间的离人永恒的慰藉。

奥斯卡经典电影《卡萨布兰卡》里，故事最后男主角不得不与他深爱的女主角告别，执手相看泪眼之时，男主角思忖许久，说："至少我们将永远拥有巴黎。"这里的巴黎，指代的是两人初次相识时在巴黎度过的浪漫时光。对于电影里的两人而言，巴黎，就是他们永远无法被夺走的"公约数"。

人生海海，众生无不是各自沉浮，我们偶然在某时某刻相聚，又在他时他地分离，而这些际会与分离常常不由人所控制。不论同窗知己，还是青梅竹马，生活的轨迹都可能向不同的方向展开。越长大，际遇的不同越多，而"公约数"越少。可还好，总有些"公约数"不会随着时间而衰减，反而越发醇厚。

　　《卡萨布兰卡》中的巴黎是两个人的"公约数"，而《望月怀远》讲述的是天下人的"公约数"——月亮。即使世殊时异、远隔天涯，没有任何相似的际遇可以分享，至少我们还有月亮。它照耀着你，也照耀着我，它照向王侯将相，也照向寻常巷陌，照耀着世间有过的与将有的每一代离人。月亮，终于成为一个密码，一个暗号，让天下有情人凭此相认、永不失散。当你们老了，还请告诉你们的孩子关于月亮的故事，那传递的不只是思念，更是永恒的悲悯与温柔。

登鹳雀楼

唐/王之涣

白日依山尽，黄河入海流。

欲穷千里目，更上一层楼。

On the Stork Tower

英译文

Tang Dynasty / Wang Zhihuan

The sun along the mountain bows;

The Yellow River seawards flows.

If you'll enjoy a grander sight,

You'd climb up to a greater height.

鹳雀楼：旧址在今山西永济市，楼高三层，前对中条山，下临黄河。传说常有鹳雀在此停留，故有此名。

白日：太阳。

尽：消失。

欲：想要得到某种东西或达到某种目的的愿望。

穷：穷尽，使达到极点。

更：再。

夕阳依傍着山峦渐渐消失，黄河朝着大海汹涌奔流。

要想把千里的风光景物看够，那就得再登上一层高楼。

这首诗充分体现了唐人的精神，被众多后人视为唐代五言诗的压轴之作。山河壮丽，气势磅礴，意境深远，千百年来激励着人昂扬向上。

地平线，曾是古人所知道的世界的尽头——太阳在这里沉沉落下、不复再见，河流在这里消失、汇入大海。那是目力所及最远的地方，那是自然给人划定的疆界。

可诗人不满意这个答案。于是他追问，山的那边是海，海的那边又是什么？比远方更远的地方是哪里？地平线的外面是什么……于是诗人不停地向高处登临，为的是看得更多更远。

这首短短的唐诗其实正是人类发展的寓言，人类从不曾满足已经看到的风景，总是追求更多。自然给人天敌，我们就战胜天敌；自然给人的限制是疾病，我们就攻克疾病；自然让人只是肉体凡胎，我们就发展出科技让我们的视觉、听觉能感知到无限遥远。人类发展的历史，就是一部"更上一层楼"的历史。值得注意的是，诗人说的是"更上一层楼"，而非"登上最高楼"，因为前者是进行时，后者是完成时——我们永远在攀登的过程中，永远都有更远处的风景。

使至塞上

唐/王维

单车欲问边，属国过居延。

征蓬出汉塞，归雁入胡天。

大漠孤烟直，长河落日圆。

萧关逢候骑，都护在燕然。

On Mission to the Frontier

Tang Dynasty / Wang Wei

A single carriage goes to the frontier;

An envoy crosses northwest mountains high.

Like tumbleweed I leave the fortress drear;

As wild geese I come under Tartarian sky.

In boundless desert lonely smokes rise straight;

Over endless river the sun sinks round.

I meet a cavalier at the camp gate;

In northern fort the general will be found.

塞上：边塞之上。

单车：出使的车仗简单，随从不多。

属国：汉代称那些仍旧保留原有国号的附属国为属国。
另一说法，属国是官名"典属国"的简称，其职事
是与少数民族交往，苏武归国后任此职。唐代则以
其指代使臣，本诗指作者本人。当时作者以监察御
史的身份出塞慰问得胜将士。

居延：即汉属居延国，汉武帝时设县，属张掖郡，在
今内蒙古额济纳旗东南。《后汉书·郡国志》：
"（凉州有）张掖居延属国。"

征蓬：蓬，草名；茎高尺余，叶如柳叶，开小白花，秋
枯根拔，风卷而飞，因此又叫飞蓬。蓬草根浅，随
风飘行，所以古人以征蓬、飘蓬喻漂泊的旅人，此
处为诗人自喻。

萧关：一名陇山关，汉朝与匈奴对抗时的要塞。汉文帝

十四年（前166年），匈奴入萧关，杀北地都尉。

其地在今宁夏回族自治区固原市东南。

候骑：骑马的侦察兵。

都护：唐代边疆设置都护府，都护府的长官为都护，这里指前敌统帅崔希逸。

燕然：山名，即杭爱山，今蒙古国赛音诺颜部境内。汉车骑将军窦宪击破匈奴北单于，追击至燕然山，登山勒石记功而还，后世用为克敌制胜的典故。这里代指前线。

译文

我轻车简从要慰问边疆，要去的地方远过附属国居延。

我就像蓬草飘出了汉塞，像归雁飞进了北方的天空。

浩瀚沙漠中孤烟直上，无尽黄河边落日正圆。

走到萧关恰好遇见骑马的侦察兵，得知前敌统帅正在燕然前线。

赏析要点

整首诗描绘的是一个广阔却寂寥的图景，诗人所乘的一驾马车在无垠的大漠中孤单行进，陪伴他的只有孤烟、落日与长河。身居高位的诗人离开了歌舞升平、一派锦绣的长安，孤身来到西北悠悠荒野。

正是这样一次远离，为后人带出了盛唐气象不可或缺的另一面。诚然，"忆昔开元全盛日"，盛唐是中国漫长历史中最被铭记、眷恋与回忆的岁月。这里"太液芙蓉未央柳"，这里"仙乐风飘处处闻"。可是我们常常忘记了，盛唐之所以是盛唐，除了我们所记得的关于它的最繁华、最精致、最梦幻的故事，还因为它的雄浑、它的粗犷、它的金戈铁马、它的气壮山河。"征蓬出汉塞，归雁入胡天"，即便远至大漠边陲，依然是"普天之下，莫非王土"。东至海滨、西至大漠，这是只属于全盛期的国度的气宇轩昂，它毫不掩饰地展露自己囊括海内、吞吐万里的气象。

这首诗中最需用心赏析的是其中一联"大漠孤烟直，长河落日圆"，画面开阔，意境雄浑，被后人称为描述大漠边塞景物的千古绝唱。边疆沙漠，浩瀚无边，所以诗人用了"大漠"的"大"字。边塞荒凉，没有什么奇观异景，烽火台燃起的那一股浓烟就显得格外醒目，因此称作"孤烟"。"孤"字写出了景物的单调，紧接一个"直"字，却又表现了它的劲拔、坚毅之美。沙漠上没有山峦树木，那横贯其间的黄河，就非用一个"长"字不能表达诗人的感觉。落日，本来容易给人以感伤的印象，这里的"圆"字，却给人以亲切温暖而又苍茫的感觉。[1]诗人传递给人们的情感不是苍凉孤寂，而是天地之间的壮阔雄浑。

---

[1] 张燕瑾等.唐诗鉴赏辞典［M］.上海：上海辞书出版社，1983：162—163。

行路难·其一

唐/李白

金樽清酒斗十千，玉盘珍羞直万钱。

停杯投箸不能食，拔剑四顾心茫然。

欲渡黄河冰塞川，将登太行雪满山。

闲来垂钓碧溪上，忽复乘舟梦日边。

行路难！行路难！多歧路，今安在？

长风破浪会有时，直挂云帆济沧海。

Hard is the Way of the World

Tang Dynasty / Li Bai

Pure wine in golden cup costs ten thousand coppers, good!

Choice dish in a jade plate is worth as much, nice food!

Pushing aside my cup and chopsticks, I can't eat;

Drawing my sword and looking round, I hear my heart beat.

I can't cross Yellow River: ice has stopped its flow;

I can't climb Mount Taihang: the sky is blind with snow.

I poise a fishing pole with ease on the green stream

Or set sail for the sun like the sage in a dream.

Hard is the way, Hard is the way.

Don't go astray! Whither today?

A time will come to ride the wind and cleave the waves;

I'll set my cloudlike sail to cross the sea which raves.

注释

金樽（zūn）：古代盛酒的器具，以金为饰。

斗十千：一斗值十千钱（即万钱），形容酒美价高。

珍羞：珍贵的菜肴。羞：同"馐"，美味的食物。

直：通"值"，价值。

投：丢下。

箸（zhù）：筷子。

茫然：无所适从。

太行：太行山。

忽复：忽然又。

歧：一作"岐"，岔路。

安：哪里。

云帆：高高的船帆。

济：渡。

金杯中美酒一斗价十千，玉盘里菜肴珍贵值万钱。

可是我心中郁闷，放下杯筷不愿进餐；拔出宝剑环顾四周，心里一片茫然。

想渡黄河，冰雪却封冻了河川；想登太行，莽莽风雪早已封山。

就像姜尚垂钓磻溪，闲待东山再起；又像伊尹做梦，乘船经过日边。

人生道路多么艰难；岔路纷杂，如今我身在何处？

相信乘风破浪的时机终会到来，到时我要扬起高帆，横渡沧海！

清冽可口的美酒盛在金杯中，山珍海味摆在白玉制成的碗碟里，而你坐在桌前，可以尽情享用一切美酒佳肴。此刻，你还想转身离开，去过漂泊无定的日子吗？

李白还想。

对于一个立志于行走的人来说，最大的敌人不是路途中的困难，而是享乐、沉溺与安适。美酒佳肴固然让他愉悦，可是当他拔剑四顾之时，却发现自己手中用来披荆斩棘的宝剑早已失去了用武之地。刀剑入鞘，马放南山，被美酒佳肴喂养的诗人却开始恐惧，害怕这样的生活使他变得习惯于惬意，变得不再需要艰辛的奋斗与行动；慢慢地他可能就忘记了如何挥舞手中的宝剑，如何驾驭胯下的骏马，忘记了自己曾经也胸怀名山大川、星辰大海，忘记了出发时在心里暗暗许给自己的誓言。

于是他坚定地转身离去，再次踏上艰险的漫漫旅程。他知道或许他要面对的是陡峭的雪山、结冰的长河，还有无数的关山险阻，可他的脸上满是向往的神情；他的心头热血翻涌，他明白行走者的故乡，就是永远在路上。

这首诗百步九折地揭示了诗人感情的激荡起伏、复杂变化，既充分显示了现实带给诗人内心的苦闷，同时又突出表现了诗人的倔强和自信，展示了诗人力图从苦闷中挣脱出来的强大精神力量。在悲愤中不乏豪迈气概，在失意中仍怀有希望。

望 岳

唐/杜甫

岱宗夫如何？齐鲁青未了。

造化钟神秀，阴阳割昏晓。

荡胸生曾云，决眦入归鸟。

会当凌绝顶，一览众山小。

Gazing on Mount Tai

Tang Dynasty / Du Fu

O peak of peaks, how high it stands!

One boundless green overspreads two States.

A marvel done by Nature's hands,

Over light and shade it dominates.

Clouds rise therefrom and lave my breast;

My eyes are strained to see birds fleet.

Try to ascend the mountain's crest:

It dwarfs all peaks under our feet.

岱宗：泰山亦名岱山或岱岳，在今山东省泰安市城北。古代以泰山为五岳之首，诸山所宗，故泰山又称"岱宗"。

夫（fú）：句首发语词，无实在意义，语气词，强调疑问语气。

齐鲁：古代齐、鲁两国以泰山为界，齐国在泰山北，鲁国在泰山南。原是春秋战国时期的两个国名，在今山东境内，后用齐鲁代指山东地区。

青未了：指郁郁苍苍的山色无边无际。

未了：不尽，不断。

造化：大自然。

钟：聚集。

神秀：神奇秀美。

阴阳：阴指山的北面，阳指山的南面。这里指泰山的南北。

割：分。

昏晓：黄昏和早晨。此句是说泰山很高，在同一时间，山南山北判若早晨和黄昏。

荡胸：心胸摇荡。

曾：同"层"，重叠。

决：裂开。

眦（zì）：眼眶。

会当：终当，定要。

凌：登上。

小：形容词的意动用法，意思为"以……为小，认为……小"。

译文

五岳之首泰山的景象怎么样？在齐鲁大地上，那青翠的山色无边无际。

大自然的神奇秀丽全都汇聚于此，泰山的高耸挺拔将山南山北分成光明与昏暗。

望着层层云气升腾，胸怀荡涤；看归鸟回旋入山，几乎要使人眼眶裂开。

我一定要登上泰山顶峰，那时俯瞰脚下的群山，它们将显得多么渺小。

　　这首诗最为家喻户晓的无疑是它的最后一句"会当凌绝顶，一览众山小"，吟诵之时我们仿佛能看到诗人豪气干云地挺立在泰山的千仞绝顶之上，遥遥地望向无尽的远方。可此时我们倘若再回头看看这首诗的题目便会发现些许"蹊跷"，这首诗分明叫作"望岳"，唯有在山下方可"望"岳，既然在山之上似乎叫"登岳"更为合适，如同杜甫的另一首叫作《登楼》的诗。这里并非诗人的一时疏忽，恰恰相反，乃是诗人的刻意为之。

　　在这首诗里，诗人给读者变了一出"视点的魔术"。想要破解诗人设下的"机关"，读者在读每一句时，都需要问自己这样一个问题——"此时诗人在哪儿？"首联"岱宗夫如何？齐鲁青未了"，能够看到泰山的山色绵延多广，意味着诗人此刻采用的是"天空视角"，唯有从泰山头顶的空中向下鸟瞰，方可看到青色遍布齐鲁。颔联"造化钟神秀，阴阳割昏晓"，则意味着视点移到了泰山一侧的空中，唯有这里看得到明暗之间的分割。颈联"荡胸生曾云，决眦入归鸟"中视点再次变化，诗人只有在登山的中途才最有可能看到云气升腾、归鸟回旋的景象。到了尾联"会当凌绝顶，一览众山小"，视点终于到了山巅之上，俯览群山。

而真实的诗人究竟在哪里呢？在山中无法"望岳"，诗人其实一直在泰山脚下。于是我们终于明白，其实很可能整首诗都不是诗人眼见为实的景象，而是他畅想的产物。更有趣的是，真实的泰山之巅其实未必有诗人描绘的这般恢宏壮美，让泰山名垂千古的也未必是它真实的景致，而恰恰是可能从未登上山顶的诗人心中的畅想。

文学是一种浪漫的魔法，它对于现实世界从不只是亦步亦趋的模仿，伟大的魔法师们用文字升华现实，甚至创造现实。

离思·其四

唐/元稹

曾经沧海难为水，除却巫山不是云。

取次花丛懒回顾，半缘修道半缘君。

Thinking of My Dear Departed

Tang Dynasty / Yuan Zhen

No water's wide enough when you have crossed the sea;

No cloud is beautiful but that which crowns the peak.

I pass by flowers which fail to attract poor me

Half for your sake and half for Taoism I seek.

沧海：大海。

取次：任意；仓促，随便。

　　曾经领略过辽阔的大海，就难以再对别处的水有所感怀；曾经领略过巫山壮观的云霭，再看别处的云都觉得黯然失色。

　　即使身处万花丛中，我也懒于回头一望，这一半是因为修道，一半是因为你的缘故啊。

很多后人在对这首诗的解析里，都认为这是诗人为悼念他的妻子韦氏而作。在这短短四句诗里，诗人用天地间宏大而又细小的景物写出了内心深沉而又细腻的感情。可以想象的是，诗人心中对于这份情感定然有千言万语可以描绘、可以感慨，可怎么样才能在区区二十八个字里写出这种刻骨铭心？处理这种强度的感情，用一部长篇小说远比一首短诗容易，当作者不能一字一句将被怀念者的惊艳落笔成文，读者的想象也就无以凭借。要知道，书写一件独一无二的事物本就是一个悖论般的任务，当作者费尽心力将描写对象最动人的特质提炼出来，诉诸文字、总结为特征，这独一无二的对象似乎就变成了可复制的存在。

为了完成这一不可能的任务，诗人另辟蹊径，不使用"正面描写"，而是使用"排除法"。我们不知道沧海有多壮阔，只知道它比我们所知道的所有山河湖泊都更美；我们不知道巫山的云雾有多迷人，只知道它比我们所知道的所有云雾都更摄人心魄。诗人所怀念对象的美好，似乎在认知边界的尽头，无法用现有的语言去捕捉、用现有的譬喻去描绘。诗人明白，试图用语言去具体描绘心中最怀念的人美好的样子，注定是一场徒劳的追逐，于是他选择了留白，选择用山河湖海、云朵花丛这些自然的景物来记录岁月的沧桑，来承载对故人痛彻肺腑的怀念。

锦　瑟

唐/李商隐

锦瑟无端五十弦，一弦一柱思华年。

庄生晓梦迷蝴蝶，望帝春心托杜鹃。

沧海月明珠有泪，蓝田日暖玉生烟。

此情可待成追忆？只是当时已惘然。

The Sad Zither

Tang Dynasty / Li Shangyin

Why should the sad zither have fifty strings?

Each string, each strain evokes but vanished springs:

Dim morning dream to be a butterfly;

Amorous heart poured out in cuckoo's cry.

In moonlit pearls see tears in mermaid's eyes;

From sunburnt jade in Blue Field let smoke rise.

Such feeling cannot be recalled again;

It seemed lost even when it was felt then.

注释

锦瑟：古瑟大小不等，弦数亦不同。一般说法，古瑟是五十根弦，后来有二十五弦或十七弦等不同的瑟。

无端：没来由；无缘无故。此隐隐有悲伤之感，乃全诗之情感基调。

"一弦"句：柱，是调整弦的音调高低的"支柱"，它把弦"架"住。"思"字应变读去声，律诗中不许有一连三个平声的出现。

"庄生"句：《庄子·齐物论》："庄周梦为胡蝶，栩栩然胡蝶也。自喻适志与！不知周也。俄然觉，则蘧蘧然周也。不知周之梦为胡蝶与，胡蝶之梦为周与？"李商隐此句引庄周梦蝶故事，以言人生如梦、往事如烟之意。

"望帝"句：望帝，古代蜀国的君主，名杜宇，传说他死后，化为杜鹃鸟，悲啼不已。春心，伤春之心。

"沧海"句：相传珍珠是由南海鲛人（神话中的人鱼）的眼泪变成的，古人还认为海里的蚌珠随月亮盈亏而有圆缺变化，这里糅合了以上的典故。

"蓝田"句：蓝田，即蓝田山，在今陕西蓝田县东南，
　　为有名的产玉之地。"日暖玉生烟"，相传宝玉埋
　　在地下，在阳光的照耀下，良玉上空会出现云烟。

可待：岂待；何待。

译文

锦瑟无来由地变成了五十根弦，但即使这样，它的
每一弦、每一音节都足以表达对美好年华的思念。

庄周知道自己是一只向往自由自在的蝴蝶。望帝的
美好心灵和作为可以感动杜鹃。

大海里明月的影子像是眼泪化成的珍珠。只有阳光
照耀下的蓝田才能生成烟云下的良玉。

那些美好的往事只能留在记忆中了。而在当时经历
的人却浑然不觉，一片茫然。

赏析要点

　　这无疑是一首令人费解的诗，对于应该如何解读这首诗所要表达的情感与思想，历代的读者与学者都争论不休。这也是它和本书所收录的其他诗的不同之处，虽然诗句在千年之前已经写下，但对它的诠释至今依然处在"未完成时"。

　　理解这首诗的困难之处，在于它的每句之间似乎并没有紧密的逻辑联系。首联诗人有些"埋怨"地感慨锦瑟的五十根弦，撩动每一根时都能唤起一段逝去的年华。颔联诗人带来两个故事：庄子梦中化身为蝶，醒来不知自己是庄周还是蝴蝶；蜀帝杜宇在死后化身为鸟，在暮春时节泣血啼叫。诗人并不解释援引两个故事的原因何在，与首联有何相关。更"奇异"的是，在颈联中诗人故技重施，再次以两个传说构成诗句：海中的鲛人流下的泪滴会化为珍珠，黑夜里月光照进蚌中的珍珠，使它越发皎洁光亮；在日光照射时，盛产美玉的蓝田会升腾起阵阵云烟。直到尾联，诗人才终于不再"云山雾罩"，坦然道出心绪，往事已成追忆，可当时却是惘然不觉。

从字面上看，中间的四个传说似乎和诗人的追忆往事并没有什么联系。我们分不清他诗句里说的究竟是庄周还是蝴蝶，是杜宇还是杜鹃，是眼泪还是珍珠，是日光还是云烟，诗人刻意模糊了现实与传说的界限，他无意引导读者分清真实与虚构。其实不论是庄周和蝴蝶之间，还是杜宇与杜鹃之间，本身都没有事实的、逻辑的关系，它们的关系是被人的情感与想象所赋予的，正如诗人与锦瑟的关系。这也是为什么我们会听出一弦一柱的琴声哀怨，其实琴弦本来无情，有情的是听者。这同样是人与记忆的关系，惘然的"当时"就如蝴蝶、如珍珠、如琴弦，它们本身只是静默无言的存在，是记忆里的回望使它们变得温柔。

诗人被困在自己编织的凄美梦境之中，醒来时的他如同庄周，疑心自己不过是梦到庄周的蝴蝶。它注定是一首难以理解的诗，因为最深的思念，本身也就是最深的迷惘。

题西林壁

北宋/苏轼

横看成岭侧成峰，远近高低各不同。

不识庐山真面目，只缘身在此山中。

Written on the Wall at West Forest Temple

Northern Song Dynasty / Su Shi

It's a range viewed in face and peaks viewed from the side,

Assuming different shapes viewed from far and wide.

Of Mountain Lu we cannot make out the true face,

For we are lost in the heart of the very place.

注释

题西林壁：写在西林寺的墙壁上。题：书写，题写。西林：西林寺，在今江西庐山西麓。

横看：从正面看。庐山总体上是南北走向，横看就是从东向西看。

侧：侧面。

不识：不能认识，辨别。

缘：因为；由于。

译文

从正面看、从侧面看庐山的山岭都是连绵起伏，远处、近处、高处、低处各呈现不同的样子。

之所以分辨不清庐山真正的面目，是因为我就身处庐山之中。

这是一首轻快的诗，朗朗上口、易于记诵。更重要的是，它是一则谜语、一个寓言。除了庐山的奇秀形象给人以美感之外，又有深永的哲理启人心智。

我们熟悉那个叫作"盲人摸象"的故事：几位盲人从不同方向摸一头大象，于是各自摸到了不同的部位，象鼻、象腿、象耳不一而足。每个人都自信满满地宣称自己知道了大象的形状，摸到象腿者高呼大象是一个柱子，摸象鼻的反驳说大象明明是一根管子，摸象耳的说大象其实是一把扇子……初读这则故事时，我们或许以为这只是关于盲人的一则笑话，视力的欠缺让他们只能感知到真实世界的一隅。可苏轼的这首诗提醒我们，其实耳聪目明的人，又何尝能真的看得到世界的全貌？

从何处观看，决定了你所看到的"真相"是什么。

这道理不仅适用于具体的物体，如一座山，也适用于我们对抽象概念的判断。举一个简单的例子，人类利用科技把树木做成纸张为人类所用，于人而言这当然是好事；可倘若换一个角度来看，砍伐树木对于森林和在这个生态系统中的其他生物又是好是坏呢？答案显然不同。

可苏轼想说的还不止于此。之所以游客无法明了庐山的真面目，是因为他正处在山之中，无法跳出来看到全貌，正所谓"当局者迷，旁观者清"。可我们的人生不就是处在一座又一座的"庐山"之中吗？我们只有走出"庐山"时，方能看到全貌，可此时我们已不在"庐山"之中了。这是一道如同悖论般的谜语，我们永远无法跳脱出"自己"这座山。

这样的限制，却未尝不是一件好事。它让我们学会自省，了解人之为人难以避免的局限，并最终学会谦卑与倾听。

满江红

南宋/岳飞

怒发冲冠，凭栏处、潇潇雨歇。抬望眼，仰天长啸，壮怀激烈。三十功名尘与土，八千里路云和月。莫等闲、白了少年头，空悲切。

靖康耻，犹未雪。臣子恨，何时灭？驾长车，踏破贺兰山缺。壮志饥餐胡虏肉，笑谈渴饮匈奴血。待从头、收拾旧山河，朝天阙。

The River All Red

Southern Song Dynasty / Yue Fei

Wrath sets on end my hair;

I lean on railings where

I see the drizzling rain has ceased.

Raising my eyes

Towards the skies,

I heave long sighs,

My wrath not yet appeased.

To dust is gone the fame achieved in thirty years;

Like cloud-veiled moon the thousand-mile Plain disappears.

Should youthful heads in vain turn grey,

We would regret for aye.

Lost our capitals,

What a burning shame!

How can we generals

Quench our vengeful flame!

Driving our chariots of war, we'd go

To break through our relentless foe.

Valiantly we'd cut off each head;

Laughing, we'd drink the blood they shed.

When we've reconquered our lost land,

In triumph would return our army grand.

注释

怒发冲冠：气得头发竖起，以至于将帽子顶起，形容愤怒至极。冠是指帽子，而不是头发竖起。

潇潇：形容雨势急骤。

长啸：感情激动时撮口发出清而长的声音，为古人的一种抒情举动。

三十功名尘与土：年已三十，建立了一些功名，不过微不足道。

八千里路云和月：形容南征北战、路途遥远、披星戴月。

等闲：轻易，随便。

靖康耻：宋钦宗靖康二年（1127年），金兵攻陷汴京，掳走徽、钦二帝。

贺兰山：贺兰山脉位于今宁夏回族自治区与内蒙古自治区交界处。

胡虏（lǔ）：秦汉时匈奴为胡虏，后世用为与中原敌对的北方部族之通称。

朝天阙：朝见皇帝。天阙本指宫殿前的楼观，此指皇帝
　　生活的地方。

译文

　　我愤怒得头发直竖，顶飞了帽子。独自登高凭栏
远眺，骤急的风雨刚刚停歇。抬头远望，禁不住仰天长
啸，报国之心激荡在胸。三十年来建立的一些功名，如
同尘土一样微不足道，南北转战八千里，经历过多少风
云变幻。好男儿要抓紧时间为国建功立业，不要空将青
春消磨，待年老时徒自悲切。

　　靖康之变的耻辱，至今仍然没有被洗雪。作为国家
臣子的悲愤，何时才能泯灭！我要驾着战车，将贺兰山
踏为平地。满怀壮志，打仗饿了就吃敌人的肉，谈笑渴
了就喝敌人的血。待我重新收复旧日河山，再带着捷报
凯旋！

　　和我们推荐的其他才华横溢的历代诗人相比，岳飞是一个独特的存在。词人不是他唯一的，也不是他最重要的身份。希望成为侠客的李太白在诗中畅想"十步杀一人，千里不留行"，而岳飞是在真实的战场上弯弓射箭、破阵杀敌。南征北战，数十载的戎马倥偬，更多时候，他的诗词不是用笔写下的，而是蘸着长流的鲜血，以挥舞的刀剑写下的。

　　《满江红》当然是一首杰出的词，它音韵铿锵、气势雄浑，可我们知道，它真正的动人之处，不在于一字一词的雕琢，一行一句的营造，不在于文人墨客引以为傲的妙笔与技巧。这首词的力量，来自背后执笔者真实的壮阔人生。

　　这样的笔，撑开了文学的"半径"，让我们看到，诗歌不仅可以是吟风赏月、看花沐雪，也可以成为刀，成为剑，成为你的武器，去护慰自己的内心，去讨伐丑恶的灵魂，去抵抗世间的不公，去激发远行的豪情。岳飞冤死在风波亭，但是，那又怎么样呢？他成功地活在世世代代中国人的心中。没有千百年的人，但是有千百年的风骨。我相信，每一代都会有这样的人，愿意活成岳飞的样子，即使被押往风波亭粉身碎骨也在所不惜。

岳飞的笔下，有战场之上生死一线的残酷，有家国破碎山河沦落的悲痛，有英雄迟暮壮志未酬的伤感。它们沉重、残忍而坚硬。我们是幸运的，故而可能终其一生也体会不到这样的心绪。但是至少在这样的诗歌里，我们得以惊鸿一瞥一个在恢宏命运里燃烧的灵魂可以闪耀出何等的万丈光芒。

秋夜将晓出篱门迎凉有感

南宋/陆游

（其一）

迢迢天汉西南落，喔喔邻鸡一再鸣。

壮志病来消欲尽，出门搔首怆平生。

（其二）

三万里河东入海，五千仞岳上摩天。

遗民泪尽胡尘里，南望王师又一年。

Early Dawn at My Wicket Gate

Southern Song Dynasty / Lu You

The galaxy has fallen to the southwest;

The cockcrows keep ringing in the neighborhood.

The disease snatches away my ambition to save the nation;

I scratch my white hair full of regret.

The long, long River flows eastward into the sea;

The high, high Mountains looking upward scrape the sky.

The refugees have shed all their tears in debris;

Another year will pass, no royal army's nigh.

（前四句为陈昶羽译）

注释

将晓：天将要亮的时候。

篱门：竹子或树枝编的门。

迎凉：出门感到一阵凉风。

天汉：银河。《诗经·小雅·大东》："维天有汉，监
　　　亦有光。"《毛传》："汉，天河也。"

搔首：以手搔头。

怆（chuàng）：悲伤。

三万里：长度，形容它的长，是虚指。

河：指黄河。

五千仞（rèn）：形容它的高。仞，古代计算长度的一
　　　种单位，一仞为周尺八尺或七尺，周尺一尺约合
　　　二十三厘米。

岳：指五岳之一西岳华山。黄河和华山都在金人占领
　　　区内。

摩天：迫近高天，形容极高。摩，摩擦、接触或触摸。

遗民：指在金占领区生活却认同南宋王朝统治的汉族人民。

胡尘：指金人入侵中原，也指胡人骑兵的铁蹄践踏扬起的尘土和金朝的暴政。胡，中国古代对北方和西方少数民族的泛称。

南望：远眺南方。

王师：指宋朝的军队。

译文

　　迢迢万里的银河朝西南方向落下，喔喔的鸡叫之声在邻家不断长鸣。

　　疾病折磨得我几乎把救亡壮志消尽，出门四望不禁手搔白发抱憾平生。

　　三万里长的黄河奔腾向东流入大海，五千仞高的华山耸入云霄上摩青天。

　　中原人民在胡人压迫下眼泪已流尽，他们盼望王师北伐盼了一年又一年。

诗人写作此诗时，宋朝的北部国土几乎完全被金人占领，南宋朝廷偏安在江南，无力收复失地。在这沦陷的中原里，就有万里奔流的黄河，壁立千仞的华山，此时这些华夏文明最重要的标志与象征却落入敌人之手。更重要的是，满朝文武可以望风而逃，躲开敌军的兵锋所向，在江南的暖风中躲进小楼成一统；可中原的百姓不能，他们只能在破碎的山河中默默承受战乱带来的颠沛流离、国破家亡。

值此国难之际，有心报效国家的诗人却被赋闲在南方的家中。诗人的家门口固然没有兵荒马乱之虞，可中原沦落的忧患依旧使他夜不能寐。长夜将尽时，他走出门外，中原的风物、山川都历历在目。向北望去，重重的雾霭遮蔽了视线。他知道，此时此刻在遥远北方的某个门外，也定然有一双灼热的眼睛向南眺望，等待着来自南方军队的战马与军旗。

诗人正是在这样的忧愤里写下这样的诗句。诗歌是文学，但也不仅仅是文学：它是士大夫安身立命的所在，是"为天地立心，为生民立命，为往圣继绝学，为万世开太平"的使命载体，是文以载道、道不远人的坚实证明。

山坡羊·潼关怀古

元/张养浩

　　峰峦如聚，波涛如怒，山河表里潼关路。望西都，意踟蹰。

　　伤心秦汉经行处，宫阙万间都做了土。兴，百姓苦；亡，百姓苦。

Tune: Sheep on the Slope
Thinking of the Past on My Way to Tong Pass

Yuan Dynasty / Zhang Yanghao

Peaks like brows knit,

Angry waves spit.

With mountain and river far and near,

On the road to Tong Pass I appear.

Gazing on western Capital,

I hesitate, alas!

To see the place where ancient warriors did pass.

The ancient palaces,hall on hall,

Are turned to dust, one and all.

Before my eyes,

The empire's rise

Is people's woe;

The empire's fall

Is also people's woe.

注释

山坡羊：曲牌名，是这首散曲的格式；"潼关怀古"是
标题。

峰峦如聚：形容群峰攒集，重峦叠嶂。聚，聚拢，
包围。

波涛如怒：形容黄河波涛汹涌澎湃。怒，指波涛汹涌。

山河：外面是河，里面是山，形容潼关一带地势险要。
具体指潼关外有黄河，内有华山。

表里：即内外。

潼关：古关口名，在今陕西省潼关县，关城建在华山山腰，下临黄河，扼秦、晋、豫三省要冲，非常险要，为古代入陕门户，是历代的军事重地。

西都：指长安（今陕西西安）。这是泛指秦汉以来在长安附近所建的都城。秦、西汉建都长安，东汉建都洛阳，因此称洛阳为东都，长安为西都。

踌躇：犹豫、徘徊不定，心事重重，此处形容思潮起伏，感慨万端，陷入沉思，表示心里不平静。

伤心：令人伤心的事，形容词作动词。

秦汉经行处：秦朝都城咸阳和西汉都城长安都在陕西省境内潼关的西面。经行处，经过的地方，指秦汉故都遗址。

宫：宫殿。

阙：皇宫门前面两边的楼观。

兴：指政权的统治稳固。

亡：指朝代的衰落更替。

华山的峰峦从四面八方汇聚过来，黄河的波涛怒吼着汹涌奔流。潼关古道内接华山，外连黄河。遥望古都长安，我徘徊不定，思潮起伏。

令人伤心的是秦宫汉阙里那些走过的地方，曾经辉煌的万间宫殿早已化作尘土。王朝兴起，百姓要受苦；王朝灭亡，百姓依旧受苦。

怀古诗，历来是文人墨客们钟爱的一个题材。不论是杜牧游赤壁写下的"折戟沉沙铁未销，自将磨洗认前朝"，还是凤凰台上李白的喟叹"吴宫花草埋幽径，晋代衣冠成古丘"，古代的文人们往往有着高度自觉的历史意识，在漫长的历史长河中定位自己与时代的位置。其中翘楚莫过于陈子昂的那句"前不见古人，后不见来者"，诗人们思接千古，追忆壮阔的往事、逝去的英雄、翻云覆雨的王朝更替。

之所以说了这么多历史上怀古诗的特点，是因为唯有如此，方能明白张养浩的这首《山坡羊·潼关怀古》处在怎样一个特殊的位置，方能解释为何这位名不见经传的诗人能通过这首曲横绝千古，铭刻诗史。

答案便在这最后一句"兴，百姓苦；亡，百姓苦"。这句如今看来似乎已是陈词滥调的感叹，在他写下的当时却是石破天惊。山河岁月，吾国吾民，诗人的落脚点迥异于众多的怀古诗。浩瀚诗史里有太多的诗人抚今追昔，他们最大的共同点是，关注的是庙堂之上帝王将相的故事与心绪。当然，这在士人无不追求"学成文武艺，货与帝王家"的古代中国毫不令人意外。新朝初立，他们赞叹"王侯将相，宁有种乎"；旧朝覆灭，他们感慨"江山代有才人出，各领风骚数百年"。这些怀古诗的主角永远是历史舞台上聚光灯下的焦点：是帝王，是文武百官，是后宫三千。

在那些聚光灯不曾照到的暗角，有无数的平民百姓。他们无权，也无力决定王朝的归属，改变历史的进程，他们没有跌宕起伏的传奇，可他们难道就不值得书写吗？

秦汉盛唐的宫阙万间，一砖一瓦无不是由百姓们搭建，可是盛世的荣华常常与他们无关，而王纲解纽、朝代更迭的乱世伤痛却必然要他们承担。作为诗人，也无力改变他们的命运，可至少能拿起手中的笔，让他们做一次文学里的主角。

长相思·山一程

清/纳兰性德

山一程，水一程，身向榆关那畔行，夜深千帐灯。

风一更，雪一更，聒碎乡心梦不成，故园无此声。

Tune: Chang Xiang Si
Over Mountains

Qing Dynasty / Nalan Xingde

Over mountains, over rivers

We plod to the Yuguan Pass.

A myriad of camp fires light the night.

Storm comes, snow comes

The shrieking sound breaks my dream

Of my yearning, tranquil home.

（陈昶羽　译）

程：道路、路程。山一程，水一程，即山长水远。

榆关：即今山海关，在今河北秦皇岛东北。

那畔：即山海关的另一边，指身处关外。

帐：军营的帐篷。

更：旧时一夜分五更，每更大约两小时。风一更，雪一更，即言整夜风雪交加。

聒（guō）：声音嘈杂，这里指风雪声。

故园：故乡，这里指北京。

跋山涉水走过一程又一程，将士们马不停蹄地向着山海关进发。夜已经深了，千万个帐篷里都亮起了灯。

帐篷外风声不断，雪花不住，声音嘈杂打碎了我思乡的梦，这是千里之外的家乡不曾有的声音。

眼尖的读者看完之后不难发现，这首词的诸多元素似曾相识，仿佛在不久前刚刚见过。没错，这首词讲述的故事和本书介绍的第一首诗《采薇》遥相呼应，可谓异曲同工。一样的远离故土，甚至一样的漫天大雪，在此间艰难跋涉的将士们思念着千里之外的故乡。行旅与思乡，这样的题材被一代代最杰出的诗人用自己的方式反复书写，因此也被称为古典诗歌的"母题"之一。

两首诗词最大的不同在于写作者的视角，《采薇》采取的是一个普通士兵的视角去回顾整场漫长而又残酷的战争，而纳兰性德则是随皇帝出关东巡。对于同样的母题，视角的不同带来不同的呈现方式。《采薇》是"主观视点"，从头到尾你都知道这是某一个具体士兵的个人情感；《长相思》则是"客观视点"，读这首词的感觉仿佛是上天在俯瞰整个军队，这个全知全能的上天在诉说着似乎属于每一个士兵但又不属于任何一个具体士兵的情感。正是这样的一种视角才能写出"夜深千帐灯"这样的句子：词人当然无法走进每一个营帐，询问每个士兵的心事；可在这样的风雪之中，看见茫茫黑夜中千万灯火渐次亮起——他便足以知道，故园之思定然萦绕在每个人心间。这双在暗夜里望向千万灯火的眼睛，让这首词既哀伤细腻，又大气磅礴。

山长水阔，梦回家园。纵使身陷万水千山之外的天涯羁旅，故园仍是离人心灵永远的归宿。

面朝大海，春暖花开

海 子

从明天起，做一个幸福的人

喂马，劈柴，周游世界

从明天起，关心粮食和蔬菜

我有一所房子，面朝大海，春暖花开

从明天起，和每一个亲人通信

告诉他们我的幸福

那幸福的闪电告诉我的

我将告诉每一个人

给每一条河每一座山取一个温暖的名字

陌生人，我也为你祝福

愿你有一个灿烂的前程

愿你有情人终成眷属

愿你在尘世获得幸福

我只愿面朝大海，春暖花开

英译文

The Sea in View, with Spring Warm and Flowers Blossoming

Hai Zi

From tomorrow on,

I will start a new life as a happy one:

A horse-keeper, a wood-cutter and a world traveler;

Care for grains and vegetables,

I will have my adobe done,

The sea in view,

with spring warm and flowers blossoming.

From tomorrow on,

I will correspond with all my beloveds,

Sharing with them my joyfulness;

The joy revealed to me like a lightening,

I'll share with every one of you, my beloveds .

I will name every hill, and every river a tender title;

Stranger too,

I will count my wishes for you in multitudes:

I pray for you a brilliant future,

And your eventual wedding with your beloved .

May you be a happy mortal.

I merely wish to have sea in view, with spring warm

and flowers blossoming.

　　我们的诗歌赏析课程为"山与海"这一主题挑选历朝历代的代表性诗歌，终于来到了现代。在现代诗中，无论是从文学性还是从思想性来说，只有这一首诗配得上和前文赏析的那些千古绝唱相提并论。

　　这首诗实际上不需要过多的评点，"面朝大海，春暖花开"这八个字就把诗人想要宣告给世界的所有美好和盘托出。这句话有着如同咒语般的魔力，似乎单单只是在口中吟诵它便能让人感到平静而幸福。如果幸福如诗中所说，是刻在闪电里的一道神谕，那么诗人就是被上天选中来提点众生的人。

　　和我们在前文分享的十七首诗歌相比，这首诗可能最为简单、纯粹，洋溢着孩童般的天真与温暖。诗人写作此诗时早已过尽千帆，可心底仍是少年。在古代诗歌中，很难见到如此炽热而直接的告白。诗人告白的对象甚至不是某一个具体的人或事，而是整个世界——是山川河流，是粮食蔬菜，是一草一木，是世间众生。这是强烈到清澈透明的情感，这是对于世间的一切没有来由、没有止境、没有条件的爱与温柔。

我们都是这浩瀚世界中微不足道的尘埃，有各自的冷暖与甘苦，可是至少在这样的一首诗里，我们一视同仁地被深深爱着。

人民日报
RENMIN RIBAO

人民网网址：http://www.people.com.cn

2015年11月
30
星期一
二〇一五年十一月

代号一
第318期
今日24版

坚决打赢脱贫攻坚战
——论学习贯彻习近平总书记中央扶贫开发工作会议重要讲话

本报评论员

离开北京出席气候变化巴黎大会
习近平抵达巴黎开始法国之行

在中国梦指引下昂首奋进
——写在实现中华民族伟大复兴"中国梦"提出三周年之际

在中国梦指引下，全国各族人民
不懈努力、改革创新、创造出新的发
展奇迹，为中国特色社会主义注入新
动力，为中国赢得了世界赞誉

……德江将出访老挝

山上一片绿　兜里一袋银
宁德：好生态能变现

打好脱贫攻坚战

以"四个没有变"认清经济基本面
——中国信心从何而来之二

陆娅

评论员观察

别让老人失去存在感

一线视角

李浩燃

读书，带我去山外边的海

干部谈读书

取之于民更该用之于民

王振耀[1]　曹溪[1]

行业协会，"脱钩"才能正名

李斌

5 评论

2015年11月30日 星期一

支线客机正式交付

读书，带我去山外边的海

（原载于《人民日报》，2015 年 11 月 30 日 05 版）

陈行甲

我在农村出生，在山里长大。关于幼年最多的记忆，是跟着母亲挖野菜时，抬头望见的连绵的山。后来我在村里读小学，开始识字，被课本里的一句诗深深触动："山那边是海。"这个简单的句子让幼时的我第一次心生憧憬，渴望看看山外的"海"。老师说想要走出大山，就要用功学习，于是在那个偏远的山村学堂，这句话成了我一直刻苦的信念。

大学里，我本科和硕士分别读的是数学和公共管理专业，利用课余时间，我又系统学习了中国史和世界史。记得硕士入学，时任清华大学党委书记陈希在开学典礼上说：

"当你将来走出校园，忘记了你在学校学过的具体知识，这时候沉淀在你身上的，才是学校真正给你的东西。"现在想来，我已经忘记了在学校看过的大部分书，已经解不出复变函数、背不出行政法条款，也记不住历史上朝代更迭的具体年份，然而沉淀下来的，可能是理性而严谨的思维方式，是最为基础的管理知识和行政意识，还有对人类文明发展规律的初步认识。我很感恩母校，感恩母校的图书馆，它为闭塞的我，打开了一扇通向世界的窗，让我变得丰富、变得厚重，也变得自信；它帮助我构建了唯物的世界观，也让我认识到自身的渺小和无知，使我一直保持谦虚的生活态度——关于图书馆，我最喜欢博尔赫斯的那句话："天堂应该是图书馆的模样。"

工作后，我一直服务在基层。在山区乡镇任过镇长，在中国百强县任过县长，也在最贫困的县任过县委书记，深刻感受到城乡之间发展的不均衡，目睹了在城市经济蒸蒸日上的同时，广袤的乡村中还有很多人经受着贫穷、疾病和孤独。我一直在思考这些问题，并想通过实际工作来解决其中的一些问题，在这过程中，我感觉对我帮助最大的是哲学方面的书，尤其是近来我常研读的习近平总书记的著作和讲话。这些根植于中国特色社会主义伟大实践的作品，完善了我很多的思考，教给了我做事的方法，也递交给了我为政的准绳。

我爱读诗，常常被一些伟大而高尚的人格深深打动。当我读到罗素"三种简单而又极其强烈的情感，支配着我的一生：对爱的渴望，对知识的渴求，对世人疾苦难以遏制的同情心"；当我读到内森·黑尔"我唯一遗憾的是，我仅有一次生命奉献给我的祖国"；当我读到闻一多"诗人最大的天赋是爱，爱他的祖国，爱他的人民"……我总是热泪盈眶。我立志贴近土地、守住底线、听从内心，多年以来，我如是说，也在众目睽睽下如是做。这不是因为我生来有多么高尚，而是我强烈地感受到先哲们的精神在鞭策着我、感召着我，他们激荡在文字里的热爱，让我耻于在这片仍然贫瘠的土地上锦衣玉食；他们传承了一代代的赤子情怀，让我甘愿为耕耘在这片土地上的人们奉献。

　　现在，我工作的湖北巴东县是个贫困县，四周也都是连绵的山。我一直觉得改变贫困的根本在于教育，所以定期会去学校与老师、学生们座谈聊天。我常对学生们讲，希望他们多去读书、读诗，也许某本书中的某个句子就会触动你，让你发现内心的梦想并愿意为之努力，改变自己生命的轨迹。"心之所向，素履以往，生如逆旅，一苇以航。"书就是"素履"，就是"一苇"，虽朴素，虽单薄，却能帮助我们追逐梦想，乘风远航。

附二

追梦人的集合
——"梦想行动"六周年感怀

王鼎杰

作为一名参加了三期"梦想行动·童行中国"公益夏令营的志愿者，作为主讲了三期"梦想课堂"的梦想导师，能够有幸为《读书，带我去山外边的海》再版写一篇文章，真是倍感荣耀又无比汗颜。这本书里藏着"梦想行动"的源头。而"梦想行动"给我们每一个参与者，留下了太多感动与震撼。我深感自己能力有限，对活动的贡献也有限，而自己从这个活动里受益太多，所以无论如何都要借此机会表达一下对行甲兄的尊敬和对孩子们的祝福。

下面谨就我的一孔之见，和大家分享"梦想行动"六年来的筚路蓝缕，以及我三年来的一线心得。最后，也给大家略微剧透一下这个活动的后续发展趋向。

六年溯源

"梦想行动"公益夏令营始于2018年。其最初的名字并不叫"梦想行动"，而是"读书，带我去山外边的海"。

这个活动的缘起，和当今中国的一个现象级公众人物有关。

他，就是本书的主编——陈行甲。

关于行甲兄其人其志、其遇其事，已经不需要我再多说什么。我只就"梦想行动"这条主线上的故事，略谈一二。

行甲兄大我九岁，是绝对的老大哥。蒙他不弃，让我可以做他的小老弟。

多年来，他在深圳，我在北京；他做公益，我关心教育；宛如两条永不相交的平行线。

但命运让我们相逢于一位共同朋友的茶叙，相感于《红星照耀中国》纪录片的拍摄现场，最终深深相知于"梦想行动"的乡村之路。

我个人对教育，尤其乡村教育，还是有一些小小的情怀的。所以，我曾在一个可以仰望星空的小镇上做过基层教师，梦想成为中国的宫泽贤治。后来我虽然离开了校园，但多年来依然心有所念，陆陆续续参加了很多教育类的公益活动。对这些活动，我个人的感受是失望的居多。尤其是经历了互联网和新冠疫情的双重冲击之后，越来越多的公益活动，变成了在线活动。在这些活动里，连最基本的眼神交流都消失了，也就更别说什么深入的联结和互信。

以我的感触，教育最难的不是深度与高度，也不是广度，而是温度。如果做活动的人，乃至活动本身，没有了温度，其他的深度、高度、广度，就都将失去其本有的意义。

不幸的是，公益活动线上化的趋势正在成为主流。原因很简单，线上活动风险小，投入小，范围广，影响大。

反之，线下活动风险大，投入大，范围小，影响力却不一定大。

聪明人都爱去线上做公益活动。因为那里是一个可以快速裂变的领域，是一个可以通过相对较少的投入，一夜暴起的领域。

从这个角度看行甲兄的公益活动，我最大的感触就是，他坚持深入一线，在最艰苦的地方，做最笨但最真、最难但最有意义的事情。即便后来他无意间成为互联网上的现象级存在，他依然没有改变这个初心。

而这一切，只因为他自己的一次梦想触动。

读过《在峡江的转弯处：陈行甲人生笔记》这本书的朋友，一定都知道，行甲兄生长于一个信息极度闭塞、经济极度落后的山区。曾经，做木匠是他的人生目标，村长是他心目中的大官。

但是，他最终超越了环境的局限，有了自己的梦想。在这个追梦的过程中，行甲兄有一个独特的触动。那是小学三年级的一节语文课，一位身体残疾的乡村教师——张永国，用浓浓的乡音，带着孩子们一起读："山那边是海。"

正是那一刻的触动，让行甲兄感受到了梦与远方，看到了人生的大海。

后来，行甲兄不仅跨过了山，还越过了洋。那一刻的他，想到的是帮助更多的山区孩子去感受梦想的力量，让他们也和他一样，跨越关山，来到人生的大海边。

这本身，就是一个了不起的梦想。

可以说，没有行甲兄，就没有这个活动；没有这个活动，就不会有后来的那些精彩纷呈。

正因为有了行甲兄和这个活动，一个追梦人遇到了更多追梦人。不同的梦想，如星星之火，从四面八方汇聚到黔东南，产生了持续的化学反应，终于在黔东南的群山间，点亮了一串串梦的灯火。

三年心路

最初这个活动的地点并不在黔东南，而是在深圳的大海边。这就是为什么这个活动最初叫"读书，带我去山外边的海"。

改变发生在2020年。因为新冠疫情管控，第三期活动无法在深圳进行。

"既然孩子们不能去海边，我们就进大山。"

带着这样的决心，行甲兄带队入山，开始在黔东南举办活动。

第二年，即2021年，该活动继续在黔东南举办。

就是在这一年，行甲兄正式决定以"梦想行动"作为活动的名称。

也是在这一年，我应邀来到了"梦想行动"夏令营的现场，走进了行甲兄精心搭建的梦想课堂。

今天回头看去，我是幸运的。因为我在关键的节点，遇到了正确的人，参与了有意义的事。

2021年活动的主题是"走进天眼看世界，寻访英雄追梦想"。我给孩子们讲了两堂课。

一堂课是"梦想课堂"的"开启时空智慧"。在这堂课上，我和孩子们从"北京和太空哪个远"讨论到"地球为什么叫地球"，我从"赤壁之战"分析到"偷袭珍珠港"，从"大航海"推演到"宇宙探索"，并现场和大家分享了我收藏的100多年前的老地图。在这小小的课堂里，我希望他们能够明白，"缩小世界"就是"放大自我"，这是一种智慧。

我告诉他们，掌握了恰当的方法，有了恰当的目标，每一个人，都可以在自己选择的赛道上做英雄。同样的，每一个人也都可以是侠客。有朝一日，当你有了名和利，甚至大名大利，你仍然可以抛开名利，去做该做的事情，哪怕一生只有一次，那一刻，你已然在精神上白马轻裘，仗剑天涯。

还有一堂课是经典阅读课，我与孩子们一起读了《西游记》原著的一个选段，我希望他们能够明白，文字是人类发明的最伟大的智慧符号系统，而正确的经典阅读是投入最低、回报最大的学习，是这个时代的"物以稀为贵"，是你我都能做到的化腐朽为神奇、变小我为大我。

正是这场活动，让我和行甲兄产生了深深的联结。

行甲兄听完这两节课后对我说："鼎杰，今天你让我看到了该怎么给孩子讲课。以前咱们的活动，是每年请一位嘉宾来'梦想课堂'。我决定，从今年开始，每年的'梦想课堂'，我都要邀请你来讲。"

感谢行甲兄的信任，给了我一个"跟着走"的宝贵机会。就这样，我无比荣幸地成为"梦想行动"的持续参与者。

如果说一开始到贵州现场办活动是迫不得已，那么经过了2020年和2021年的两场活动，大家觉得，在贵州办活动其实挺好的。

第一，骤然把山区的孩子带到外面，他们其实并不知道该如何面对大都市的闪耀霓虹，和沿海城市的车来车往。

第二，当我们满世界跑着看世界时，常常忘记，眼前的家乡，也是世界的一部分。正如走向世界，前提是先深入了解中国。同样地，走出家乡，也要先深入地了解家乡。每一个人，都是在乡土中成长，先继承这个乡土文化，再超越这个乡土文化。而太多人已经忘记了这一点。包括很多孩子，早已在"两点一线"的忙碌中，在寄宿苦读的封闭中，让眼前的家乡，成了世界的盲区，成了陌生的存在。而家乡其实有着太多太多的精彩，值得他们去寻访，去品读，去传承。

于是，2022年的活动在雷山郎德苗寨举办，主题是"体验民族文化，畅享乡村野趣"。孩子们走访村民，自己动手做饭，和"非遗"传承人互动，自己参与设计乡村发展计划……

到了2023年，活动在三穗县举行，主题进一步升级成了"跨越山海，看见家乡"。我们跨越山，带孩子们在精神上看到更大的海。而看到更大的海的开始，其实是立足当下，先进行一场山与海的深度相遇。

我个人深感荣耀的是，这两年开营和闭营的"梦想课堂"，都是我主讲的。

2022年的开营第一讲尤其特别，是在当地的苗家风雨桥上讲。这是一个临时的决定，现场没有现代化的设备，也来不及做其他布置，我只有两小时的时间准备。

当时，很多人觉得，这次的课不好讲。但是，行甲兄说："我相信鼎杰。"

还好，我没有辜负行甲兄的信任。最终，我丢下了原来准备的一切，在苗家的风雨桥上，现场给孩子们讲了一堂"人生的风和雨"，得到了现场大小朋友们的热烈回应。

同样是在这一年的活动中，我再次给同学们上了一堂地图课，带大家一起体验如何缩小世界、放大自我。

在闭营仪式上，我分享了《桃花源记》里的梦想力，并告诉大家："当我们说出再见的这一刻，最重要的不是真的能否再见，而是感恩于我们此刻的已相逢。因为这个已经发生的相逢，我们才能互道一声再见——这本身已是一种莫大的幸运和幸福。"

2023年，我讲的是"中国文化的语和文"。我希望通过一些小游戏和小互动，能让孩子们爱上阅读，学会阅读，乃至在阅读中放飞梦想，在听说读写里同情共理，在字里行间看到别人看不到的精彩；若能持之以恒，有朝一日他们就能在日常的点点滴滴中贯通文化的"任督二脉"，练成这个时代的"盖世神功"。

在这两年的活动中，行甲兄还连续两次请来了秘密后院乐队。在天与山之间，在古典与现代的碰撞中，我们带着孩子们进行了一场诗与音乐的盛宴；再加上音乐会后以孩子们为主角的篝火晚会，"梦想行动"在那一刻，迎来了属于它的高光时刻。

2023年的活动尤其成功，是很多人心目中六年来的高点。其中既有水到渠成的积淀，也有戏剧性的偶然。

事情的起因在于，本来有一个环节，邀请一位知名文化人，来带孩子们一起在山野间做一次服装走秀。因为这位名人是落后地区出身，所以我们才想到邀请他参与，希望他能在专业和情感双方面都引领一下孩子们。

但是，让人失望的是，这位名人谈起了出场费，而且要价极高。最终，他没有来"梦想行动"。而正因为他没有来，所以更好地成就了孩子们。

因为孩子们不得不靠自己的力量去完成这个环节。他们开始合作，开始发挥他们的创造力。营员、志愿者、带队老师，完美地融为一体。

那一天的活动精彩无比。孩子们点亮了自己，让我们看到了属于他们的精彩。他们设计的服装，充满创意，而且被赋予了精彩的内涵解读。如果说，有人用拍大片的钱拍了一堆烂片，孩子们在那一天，用纸片造出了大片的效果。

那一天，无论是从"红毯"上走过的"明星"，还是一旁解说的评论员，还是更多默默无闻的幕后英雄，他们的身姿，美到让现场的每一位观众目不暇接；他们的力量，强到让所有人山呼海啸；他们的创意与解说，让我们这些成年人激动不已。

回到北京后，我给很多人看了现场的照片。看过的人一致表示：

第一，不敢相信这些是山区的孩子；

第二，不敢相信他们身上的服装用的是如此低廉的原料；

第三，不敢相信这场活动完全是以山村孩子为主完成的。

其实教育本该如此。孩子自己本有力量，只是这些力量没有得到恰当的释放与引导。而太多的专家学者，常常忘记这个最基本的常识。我们做了太多给孩子注水的事情，但孩子需要的只是点燃那一团火。

当这团火被点亮的那一刻，他们，已经掀起了属于他们的后浪。

幕后英雄

所有前台的成功，都离不开后台默默的支持。走秀活动如此，整个"梦想行动"也如此。

前台的老师和同学，总能得到足够的聚光灯。可是，一场活动要成功，还需要大量默默的付出。

说实话，"梦想行动"的工作强度是非常大的。

为了节约经费，能一个人完成的工作，绝对不会用两个人。从前期的策划到实地走访，从计划筹备到各种应急预案。近百人的吃住行学，每一个环节都浸满了志愿者们的汗水。

比如恒晖公益的贾志玮老师。志玮年龄不大，能力却很强。每次活动她都是跑前跑后，无论白天黑夜；各种后勤安排，人事协调，订票退票，房间协调，车辆分组，道具准备……都少不了她的身影；活动中还要深入小组，助力学员，做小朋友们的知心大姐姐。而很多人不知道的是，志玮在为"梦想行动"忙碌的同时，已经开始对接行甲兄的下一场重要的公益活动，等于是同时应对两个高难度工作。

等到活动结束的时刻，我们是浮云挥手，轻装而去。志玮却要拖着大大的行李箱，陪着行甲兄，匆忙奔向她的下一个战场。甚至有一次，离别时刻，所有人都在大声道别，只有志玮，只能努力笑着、用力挥手，因为她的嗓子实在很难发出声音了。

还有摄影师史策老师，无论是风雨之中，还是酷暑之下，总能看到他记录精彩瞬间的敬业身影。

而各地学校派来的带队老师，同样做出了杰出的贡献。其中给我个人印象最深刻的是2023年麻江县的带队老师韦昭恒。

韦老师皮肤黝黑，身材强壮，眼睛虽小但目光犀利，乍看像个刀客。但很多人不知道的是，韦老师喜欢书法、绘画、钓鱼，还会自己做衣服。他不仅心灵手巧，而且非常有爱心和责任心。韦老师曾经带过一个家庭特别困难但特别努力的学生，后来虽然已经不再是这个孩子的老师，却一直挂念着他。自打到夏令营的第二天，韦老师就主动去找很多人，讲这个孩子的事情，为这个孩子寻求帮助。后来，一位志愿者老师捐助了这个孩子。而韦老师不仅仅关注这个孩子的物质需求，也在精神上一直鼓励他、陪伴他。

今年回访的时间非常紧张，经费也很紧张，大活动只安排了去三穗县。周边这么多县，我们显然无法一一顾及。而每一个县里，都有让我们牵挂无比的孩子。如何取舍，是一个让人纠结无比的难题。

最后我选择了去麻江县宣威镇。原因就在于，韦老师从行甲兄的视频号里看到我们到了三穗，极力邀请我们去宣威，看一看那位男生。

韦老师一边反馈这个孩子的情况，一边表示：无论来多少人，他都能接待，他开车去火车站接送大家；他还拍了视频，把家里老父亲养的鱼都抓好了，等大家去吃。话说到这里，我们已经别无选择。

于是，我们见到了那位男生，和他进行了深入的交流，也自感帮助他解决了一些小小的问题。

韦老师和学校的党委副书记赵老师全程陪同，接送、招待志愿者，只为能帮到那个早已不在他班里的学生。

我觉得，一个学生，一辈子，能遇到一位这样的老师，是一种幸运，更是一种幸福。

而这样的老师绝非只有韦老师。只可惜篇幅所限，无法一一述及。我只能说，正是因为有了这些老师的默默付出，"梦想行动"才增添了更多的光彩。

超值预期

在各方助力下，孩子们一个个点亮了梦想的火种。

点亮火种的孩子们，迈出了人生中太多的第一步。

有人第一次做了主持人，有人第一次做了设计师，有人第一次当了小村长，有人第一次走了"红毯"，还有人第一次深刻体验了帮助他人后的感动……

而所有这些，都汇合为一点：原来我也可以。

比如，在参加2023年夏令营的营员中，有一位李秋香同学。

秋香同学文静内敛，学习非常努力，志向也很远大——想成为一名外交官。但是多年来，她一直为一个问题所困扰。这个问题就是她的嗓音。小时候，她身边的人就说她的声音像男孩子，这导致她常常不敢说话，尤其不敢在人多的场合说话。

直到这次夏令营，在大家的鼓励下，她选择了做主持人。她的气度和声音，感染了全场。大家都觉得，她的声音特别适合做主持人。

回访时，说到这里，秋香非常激动地说："直到那一刻，我才突然意识到，困扰我很多年的缺陷，原来是上天送给我的一件特殊的礼物，只是我自己没有用正确的方式打开它。谢谢'梦想行动'，谢谢老师们，改变了我的人生。"

那一刻，所有回访的老师，都忍不住为她鼓掌。

同样是在这次回访期间，我在三穗县二中做了一场讲座。参加这场讲座的学生，来自七、八、九三个年级。其中有对文化和文字超级感兴趣的学员，也有各科成绩都很好唯语文学习困难的学员。

那天的讲座中，第一排的一个女同学引起了我的注意。我总觉得她似曾相识，却怎么也想不起在哪里见过她。她在整个课程中，参与度非常高，而且问题回答得非常好。某几个瞬间，她似乎让我看到了曾经的自己。

当时，我在心中默默为她喝彩，同时还不禁有些小小的吃惊——竟然会在这里遇到如此优秀的学生。

等到课程结束，大家都陆续退场的时候，这位同学没有离开，而是快步走过来，问我："老师，您是不是当年在天眼小镇给我们讲《西游记》的那位王老师？"

你能相信吗？我们此刻是做2023年夏令营的回访。但她，是2021年夏令营的营员，也就是天眼小镇那一期的营员，是我第一次参加"梦想行动"时的营员，是活动第一次以"梦想行动"命名时的营员。

我找到手机里当时活动的合影，认真看了一会儿，终于找到了她——姚梦婷。

今昔对比，这孩子的变化真的是巨大。

梦婷很激动地回忆了当时参加活动的场景。她说："刚参加活动时，我们都很紧张。第一天晚上，同房间的同学都不敢关灯睡觉，也不敢互相说话。但是，随着活动的深入，我们逐渐打破了壁垒，成了无话不谈的好朋友。"

梦婷告诉我，在那一年的活动中，她成长了很多，也收获了很多；但有一个遗憾，却深深困扰着她。这个遗憾就是，在我的"梦想课堂"上，在很多同学踊跃参与的氛围下，她一次又一次想举手回答问题，但最终也没有举起来。活动期间，她一次又一次想过来和我说几句话，却始终没有迈出那一步。

夏令营结束后，她无比懊悔，她觉得，这辈子她应该再也见不到这位老师了。为此，她伤心了很多次，也默默决定，要更加努力，做更好的自己，不辜负那一次的梦想课堂。

但是，没想到的是，那一天，居然如此意外地，弥补了她的缺憾。

她来之前，老师并没有告诉她太多，她不知道这个讲座与"梦想行动"的关系，也不知道主讲人是谁。

有时候，消除一个遗憾，原来可以如此简单，如此突如其来。

说到这里，梦婷泪如雨下。

哽咽中，梦婷说了一句让我本人无比惭愧，但行甲兄当之无愧，所有助力"梦想行动"的同仁与有荣焉的话："老师，你们做的这件事情，真的是，太伟大了……"

说实在的，做老师的，站在讲台上，难免会面对沉默。但是，沉默有很多种：没听懂，不喜欢，会沉默；听懂了，很喜欢，也会沉默。

即便经验丰富如我，也并不总能精准辨识出面前的沉默意味着什么。所以，很多时候，我们讲课，难免感觉似乎是对着黑洞喊话，也不知道自己撒出去的种子，究竟落到了哪里。

但是，事实告诉我，这些沉默里，自有沉默的感情与力量。孩子们给予我们的回馈，早已远远超出我们的付出。

回去的路上，我的记忆一直在三年前萦回。浮现在我眼前的，是那些因为第一次住空调房间不适应而生病的孩子；是那些不知道电梯的上行与下行，不知道旅馆里很多设备该如何使用的孩子；是那些虽然沉默，却已经在心底掀起新的波澜的孩子。

虽然三年很快就过去了，但他们的笑容，他们的泪水，他们的欢呼，他们的沉默，却似乎越来越清晰了。

新的启航

三年走来，在我看来，"梦想行动"在教育类的公益活动中，已经做到了当下中国的"顶流"。作为一名公益人，行甲兄实至名归，可无憾矣。

但是，行甲兄也好，我也好，还有其他所有深度参与"梦想行动"的志愿者也好，却依然有遗憾，因为我们希望这个活动能够办得更好。

2023年的夏令营是高点，也是转折点。

一开始，和所有的公益活动一样，我们的主要关注点在经济问题上。所以主办方要在贫困生里寻找有梦想期待的孩子，给他们圆梦，并帮他们匹配捐助人，解决他们的经济困难。

但是，随着时间的流逝，我们逐渐意识到，凡是能用钱解决的问题，都是小问题。也可以说，孩子们的很多问题，是单纯的捐助所无法解决的。

这三年来，我们遇见了太多优秀的孩子。他们小小年纪，已经开始背负着人生的悲苦，努力前行。面对这些孩子，我们的目光，很容易为他们的坚韧和努力所吸引。我们的赞美，也很容易为他们的美德与优秀所激发。可是，我们同样常常忘记的是，无论多么优秀，本质上他们还是孩子。而他们的优秀，掩盖了这个基本事实。

如果说人生是一场长跑，如负重行远，那么这些孩子最让人担忧的地方，恰在于他们现在就在透支自己的生命力。

他们中有一位来自麻江县的男生，父亲出了车祸，成了植物人；母亲因为各种刺激，得了精神疾病。这个孩子明白，自己是家庭的希望；更明白，自己的未来全在自己的努力。

他确实很努力。但是，他的迷茫，他的困惑，他的伤痛，他的青春，从来没有得到恰当的回应和关注，反而在努力与赞美中，变成了另一种淤积和重压。

还有一位三穗县的女生，梦想着成为一名画家。她目标明确，也很努力，却有一个无法绕过的障碍。这个障碍就是她的哥哥。

她哥哥比她大九岁，因为家庭变故，从小叛逆，初中辍学去打工，打工受挫，回家"躺平"。这位哥哥在家从来不干家务，也不工作，也没有社交，整天玩手机，自我封闭。他的所有情绪，都倾泻在妹妹身上。

回访过程中，这位女生给我讲了她哥哥的故事。讲完后她问我："老师，我该怎么做，才能改变他？"

女孩的叙述无比平静，平静得让我们的内心却意难平。

那一刻，我们这些成年人，除了悲悯和感动，更多的是沉思和反省。

还有雷山县的一位男同学，从小因为家庭变故成为留守儿童。他父亲长期在外打工，照顾他的是姑姑。这位父亲最近准备再婚，对这个孩子的关注度越来越低。结果就是，这个孩子过早学会了察言观色、谨小慎微，见过他的人都觉得他懂事。可我却为他的过于懂事而心酸。他的懂事让他得到了很多人的赞美，但赞美他的人却常常忽视，他已经因为生活的挤压过早失去了自己的童年。

还有三穗的一位女同学，她有三个姐姐、一个妹妹。虽然家庭经济情况比较紧张，但这位女孩自己很努力，也很优秀。她就读的学校在当地排名不是第一，但她却通过自己的努力，连续两次考试成绩全县第一。更重要的是，她的成功，不是靠死记硬背，而是因为她有很强的学习力。对陌生领域的知识，她能很快活学活用。在她看来，这一切很大一部分得益于她父母的教育方式。也可以说，她曾经对父母的教育方式很满意。她原本觉得父母信任自己，能够放手，让自己去探索、去成长。直到有一天，她有了一个弟弟，五姐妹变成了六姐弟。对这个弟弟，父母是各种保护、照顾、扶持，甚至溺爱。面对这个事实，她突然意识到，也许并非父母的教育态度开明，而是自己在他们心目中的地位不够重要。

现在，她仍然感谢父母对她的放手，却不敢再说这是出于信任与开明。

这也许只是双方沟通不畅的误解，也许只是父母老来得子后的改变，也许确实有那么一些重男轻女的色彩，但无论是什么，这个微妙的变化在困扰着这个女孩。而她身边的人，只看到了她的优秀，却忽略了她的困惑与忧伤。这同样不是物质捐助能解决的。

类似的案例还有很多很多。

这些孩子的眼中，都写满了坚强。但在坚强的余光里，又无不写满了淡淡的忧伤。

若夏令营是一场绚丽的烟火，这些忧伤，都可以是光彩下忽略不计的暗影；可在后期的深入回访中，却都是我们不得不严肃面对的暗礁。

如果只是做公益活动，我们可以继续用绚丽的烟火掩盖这些暗影；但如果是要深入帮助这些孩子持续成长，我们就不得不承认，这些事情，都不是简单的经济帮扶能解决的，也不是简单的心理咨询能解决的，更不是一次夏令营能解决的。

我们如果能看得更久远，还应该明白，梦想不等于成功。"梦想行动"不是"成功行动"。甚至可以说，梦想的感召力常常来自"不成功"，来自明知可能"不成功"也愿意为之努力前行的抉择。即便最终没有成功，这世界已经因为我们的努力本身而增添了光和热。这就是追梦人的力量。

孔子、司马迁、诸葛亮、苏东坡……莫不如此。

从这个角度看，恰恰是要等到这些孩子真的取得了某些世俗意义上的成功后，对他们的真正考验才算开始。

我曾经遇到过一对非常优秀的夫妇。他们都出身农村，靠着自己的刻苦努力，考上了第一流的高校，进入了非常优质的平台，成为非常成功的人士。

但是，他们的孩子基本上是"躺平""摆烂"。夫妻二人很无奈，问我究竟该如何激发孩子的学习动力。

我反问他们："当年二位是出于什么动力奋斗的呢？"

夫妻二人的答案高度一致：为了离开农村。

其实这就是答案。

有的人一辈子在大山里，但他的精神世界早已超越了山海；有的人在物质上走出了大山，但他的精神却一辈子依然锁在那匮乏之中。

追求物质条件改善无可厚非。但是，如果目标只剩下追求物质条件的改善，则大有问题。

正因为他们的目的达到了，所以他们的驱动力也就消失了。第一代人为了离开农村而读书，下一代人已经不在农村，钱一辈子花不完，又该为什么而读书呢？

这是很多家庭面临的大课题。

很多家长之所以会在不经意间限制住孩子的发展，源头常常不是物质的，而是精神的。

若人类的发展要始终靠匮乏来驱动，我们的老祖先就不该走出山洞。若改善了物质，脑子里想的还是物质，则永远无法实现真正的人生跃升。

从这个角度看梦想，梦想也许确实一钱不值。但那不是因为梦想不宝贵，而是金钱本来就没有资格衡量梦想。

真正理解梦想的力量，其实并不容易。如果等到你吃了没有梦想的亏，再去找梦想，往往为时已晚。

若是从这个角度重新审视梦想，审视"梦想行动"，显然"梦想行动"还有提升空间。

也许有些问题，本来就不该到回访时才发现。活动本身还可以加入更多更深的教育设计，活动后也不应该只有短暂的回访，而需要更持久、更多元的关照和陪伴。

这就意味着，活动要进行提升和优化。而一旦启动了这个提升和优化，也就意味着，整个行动的性质将发生巨变。

如果说一开始，这个活动做的是"教育领域的公益"，未来，它将成为"公益形式的教育"。

而一旦要迈出这一步，活动就会进入一个无比艰难的新领地。

关于这一点，2023年夏令营期间的一个晚上，我和行甲兄进行了坦诚、深入的交流。

面对困难，行甲兄决定迈出这一步，因为"迎难而上"是他的人生格言。他已经不满足于只是做"教育领域的公益活动"，而是希望更进一步，去做"公益属性的教育关怀"。

这一步更难，也更了不起，是一个更大的梦。

他要制订一个十年计划，在行动中推动"梦想行动"的不断升级，更要在活动之外，为这些孩子提供更深层的助力、更持久的关注、更多元的陪伴。

他希望在未来的十年里，能得到我和我的团队的更深助力。对此，我和我的团队，当然是责无旁贷，与有荣焉。

诗与人生

说到这儿，我不由想到这本书的主题：诗。

说到诗，大家都不陌生。但是，很多人读了很多诗，甚至背了很多诗，却依然不懂诗。

在这一点上，行甲兄给我的感触是，虽然他是数学系出身，长期从事公共事务，但本质上，他是一个诗人气质非常浓郁的人。

张老师的那堂语文课，很多人都上过。为什么只有行甲兄走到了人生的大海边？很重要的一点就在于，行甲兄内心本有诗的气韵，只是在那个节点得到了及时、恰当的触发。

这其实就是孔子说的："人莫不饮食也，鲜能知味也。"

喝水、吃饭，对人的生存无比重要。正因为重要，我们不得不日复一日地去做。也正因为如此，太多人习以为常，从而失去了"知味"的乐趣。

诗也是如此。正是我们从小都接触诗，都读诗、背诗，还要考诗，才常常让我们在习以为常中，忘记诗的味道。

"床前明月光，疑是地上霜。举头望明月，低头思故乡。"

这首诗，即便是幼儿园的小朋友们，也几乎能做到张口就来。知识多的人还知道，这首诗有多个版本，甚至知道唐朝的"床"和今天大不一样。

但是，真正能体会其中味道的，又有几人？

最简单的一点，作者当时身处的环境，冷还是不冷？很多人都会觉得冷，因为有"霜"；但却忘了，"霜"字前面还有一个"疑"字。

若地上本有霜，又何必疑是霜？若环境本没有那么冷，为何没有把月光想成夜间的阳光？

因为作者的心境是冷的。此时的作者身在异乡，事业上不得意，按照一些史料的说法作者的身体也欠佳，所以才会把月光感知成"霜"。这与环境是冷是热，已经没有关系了。

但若心是冷的，"举头望明月"，看到的岂非一个大冰球？想到的当是广寒风景，高处不胜寒。若如此，就是一冷到底，过于消沉，全无意境。

这首诗最精彩也最感动人的地方，其实在后面的转折："举头望明月，低头思故乡。"

故乡是温暖的。即便事业失意，即便身在异乡，我们依然可以通过对故乡的思念，得到几分温暖。

这就是乡愁，是中国文化传统中的一个重要组成部分。

这就是温度，是所有优秀诗歌都必备的核心。

如果失去了这种感知力，读一万首诗，甚至背一万首诗，最后也还是零，甚至是负数。

而现实中，太多的人，只知道读、背、多、快，甚至逼别人去读、背、多、快，却完全忽略了诗本身的味道。

这就像旅行。如果在无意义的环节消耗了太多的时间和资源，旅行的质量就会下降。所以，技术的进步，资源的增加，都是在帮助我们在该快的时候去快。

但是，到了目的地，如果你只是不断在走，在求快，在匆匆忙忙地打卡，这样的旅行，一定不是高品质的旅行。

高品质的旅行，贵在能有那么一个时刻、一个空间，可以让你流连忘返，可以"相看两不厌"，可以自得其乐，可以"望尽天涯路"。

这个过程本身是"慢"，但时光的流逝感反而更快。这就是快与慢的辩证法。

旅行如此，诗、人生皆如此。

有的人，一辈子背的都是字；而有的人，可以把自己的人生活成一首诗。这就是差别。

人生的品味和格调，其实就在于，我们能驾驭快和慢，最终让快去服务于那恰当的慢，甚至在快的环节里，也能找到属于自己的慢时刻。

失去了对慢的感知力的人生，是可悲的，是不幸的。

人生如此，教育也是如此。

有人觉得，教育要快；有人觉得，教育要慢。其实都不对。好的教育，同样是要用快去服务于恰当的慢。如果没有了这个恰当的慢，快、慢都会失其意义，甚至起到负加速的作用。

这其实也是"梦想行动"的宗旨，是十年计划的宗旨。

行甲兄和所有"梦想行动"的参与者所要追求的，就是那个恰当的慢。即便用十年、二十年去追，追得很慢、很笨，也无怨无悔。

余音不绝

再过十年，行甲兄六十二岁，我五十三岁，"梦想行动"十六岁。

那个时候，我们这些人，何见何思、何念何感？

是击楫中流的再出发，还是"会当凌绝顶"的豁达？是

"也无风雨也无晴"的平静，还是"老夫聊发少年狂"的奔张？

第一期的营员，此时也都已步入社会，他们又是何等风采？

他们会漂洋过海、负笈远行吗？还是建设家乡，演绎寻常巷陌的英雄故事？

他们会迷茫、沉沦吗？还是真的掀起了更大的后浪，为这世界带来了远超过我们的光与热？

不知道，全不知道。

唯其不知，所以才值得期待！

所谓梦想，就是敢于去追求难但难能可贵的目标。不计得失，不计成败，但求问心无愧。只要这个世界已经因为我们的努力而增添了几分光和热，即使失败，也虽败犹荣，心已得安。我相信，行甲兄会如是观，真正深度连接到"梦想行动"中的每一个人，都会如是观。

行文及此，我突然想到，此刻，打开本书的你，是不是也是"梦想行动"的一个参与者呢？

若是，你又是在哪一刻打开这本书的呢？是2024年？还是2034年？还是更加久远的未来？

其实这些都不重要，无论今夕何年，也无论你人在何地，我只想对你说：

"孩子，所有的老师和家长都是过去，你们才是未来。

你们美好了，未来才能更美好。只不过，你们这些未来，首先受影响于我们这些过去。所以，每一堂课，每一次活动，我们真的都很紧张，生怕我们这些过去误导了你们这些未来。但是，参加了'梦想行动'之后，我要告诉你，我很欣慰。因为一次又一次，在你们的眼睛里，我看到了美好的未来。希望有朝一日，你们也为人父母、为人师长的时候，能够在你们的孩子乃至孩子的孩子、你们的学生乃至学生的学生的眼睛里，看到一个更加更加美好的未来。"

2023.12

山，海和诗的背后

肖　立

　　我和行甲的交往是从大学上下铺的兄弟开始，到现在已经有三十多年了。在此期间我们虽然大部分时间天各一方，他在他的山里，我一直生活在大城市，但我们的深入交流却一直没有中断过。我曾经开玩笑说可能除了他太太，我是最了解他的人。他对此也从不否认。

　　其实行甲给我的第一印象并不算太好。那是我们大学入学的新生见面会，每个人都要上去做个自我介绍。其他人的介绍我现在都忘了，唯独记得他的。因为他一上台就说："我是从山里来的，毕业以后还会回到山里去。"听起来像是表决心的话让我颇为不屑。人人都想留在大城市，这话说出来又有谁会信呢？更何况他还是来自边远山区。没想到四年以后他果然回去了。那时我们已经是无话不说的好朋友，但听到他的决定的时候我仍然很吃惊。

他回去后在山里一待就是二十多年。其间他也有过不止一次在我看来是"跳出来"的好机会。他曾经参加全国统考考上了清华大学的硕士研究生，后来还作为湖北省的后备干部通过层层考试选拔，最后以全省最好成绩被送到芝加哥大学留学。可是无一例外，每一次深造结束后他都让人吃惊地又回到山里。

在县委书记任上，他无视摆在面前的大量灰色收入，选择历尽艰险而又两袖清风地反腐。他在那个国家级深度贫困地区做出了不少扶贫创新，比如农民办事不出村，乡村信息赶集，跟全县农民不漏一户地开屋场院子会……他的实干亲民、特立独行的为官之道经常让我击节赞叹。我虽然出国多年，但是当年读书时也曾有过从政的梦想，我觉得行甲从政的经历简直就是把我的梦想过成了现实，我心目中的好官，就应该是他这个样子的。他最让人吃惊的是在被表彰为"全国优秀县委书记"，在人民大会堂受到国家领导人接见，仕途似乎会一帆风顺的时候做出的辞官从善的选择。辞官从商的听过不少也见过不少，辞官从善的还真不多。

这二三十年来他似乎一直在重复着一个模式，那就是在每次出现更上一层楼的机会的时候，让人费解地选择放弃和回归。

而我，也在这三十多年里对他的态度从不屑变为不解，然后变成世俗的揣度，觉得他这样做是在放下一时得失图个来日方长，直到最后在他石破天惊的辞官从善后变为彻底的理解和钦佩。终于，在他的放弃和回归的背后，我看到了在这个现实又多变的社会里罕见的坚持和知行合一。

行甲去年组织的"读书，带我去山外边的海"夏令营让我想起了大学毕业后我和他的两次会面，一次在大山里，另一次在大海边。

先说大山里的那次见面。那是在二十年前，我已经准备出国。临走之前跟他告别。他那时在兴山县下面的水月寺镇当镇长，工作繁忙，无法抽身去见我。于是我决定去看他。水月寺是在大山深处的一个偏僻乡镇，风景极美但条件很艰苦。他当时的宿舍好像就是镇中学的一间闲置的教室，几张课桌拼在一起再铺上一层被子就是他的床。以家徒四壁、青灯孤守来形容可以说毫不夸张。但让我相当吃惊的是在他的床头放着一摞英语书。我当时在外企工作，平时都懒得看英语书，我不知道他一个大山里的公务员哪来的热情天天晚上看英语书，一问才知他竟然在工作之余还在刻苦学习，准备报考清华大学的硕士研究生。他在艰苦环境中仍能保持如此执着的求知热情，让我不禁顿生敬佩之情。那次大山之行，让我感触最深的是虽然行甲身处大山之中，但他的格局并没有为之所限，他的眼光在大山之外。

大海边的那次会面是在六年以后。那时他已经从清华毕业又回到兴山县。其后又被选拔为湖北省的后备干部来美国芝加哥大学留学。在学习之余，他利用春假到波士顿来看我。人还没到，就提出波士顿在海边，他这次来一定要我带他去看看大海。于是我专门请假一天带他去看海。在波士顿附近的罗德岛，我们站在海边的峭壁上，面前是一望无际的大西洋，凭海临风，行甲兴奋得像个少年。他动情地跟我讲起小学三年级的一篇课文《山那边是海》在他儿时心中点燃的梦想。十多年后，当他告诉我他为贵州黔东南山区的孩子在深圳举办了一期"读书，带我去山外边的海"夏令营，我才理解了为什么他当年在波士顿的大海边有那种还愿式的兴奋。

去年参加夏令营的孩子们无疑是幸运的。行甲自己是个幸运儿，儿时梦想带他走出了大山，让他看到了山外的大海。他想把这个梦想传递给曾经和他一样生活在偏僻山区里的那些卑微彷徨的孩子。这世上看到海的孩子很多，但是能够不流连于海的美丽，回归山里，把其他孩子们也带出来看海的却很少。对行甲来说，他用他的放弃和回归，完成了对山里孩子们脆弱梦想的点燃与呵护。

夏令营以诗歌作主题也是一个独具匠心的选择。诗歌是人类精神的最佳载体，具有穿越时空和直抵人心的力量。它用精练的语言把前人的精神力量带给我们，帮助我们超越当下的困惑和彷徨去面向未来。从古到今，每个人都会在现实的压力下殚精竭虑，从而本能地放大当下的痛苦，不自觉地陷于短视和抱怨，有时甚至是绝望和自暴自弃。但时过境迁，后人记住的并不是前人承受过的具体苦痛，而是他们在与命运搏斗时的不屈和乐观。诗歌正是传递这种不屈和乐观的桥梁。我至今仍记得当年读杜甫"安得广厦千万间，大庇天下寒士俱欢颜"时的那份感动。我希望孩子们能理解行甲的这份苦心。

我也希望世人能够理解行甲的放弃与回归背后的现实意义。它传递出的不仅仅是公益的利他精神和回馈，更重要的是一种不忘来处、追随内心的纯粹和坚持，这正是我们这个高速发展的时代里稀有而又珍贵的一种精神。

我们处在一个快速转型的时代。经济发展带来的历史机遇让大多数人都有机会充满想象力地寻找自己新的定位。当幸运者们在机会的"高速公路"上驰骋的时候，我们也需要更多像行甲这样见过了海但心里仍然惦记着山的人，来提醒我们不要忘记我们的来处，不要忘记那些低在尘埃的过往，不要忘记那些曾经照亮过我们的光。这是我们努力的内在动力和快乐的真正来源，也是把快速向前发展的社会凝聚在一起的力量。

即便和行甲走得很近，我也是花了很长的时间才慢慢发现他貌似特立独行的行为背后的纯粹和真实。我相信在现实中能真正理解他的人绝对是少之又少。但可能连行甲自己都没有意识到的是，他身上所代表的，也许正是未来人们回看我们这个时代能得到的慰藉之一。

说完行甲，也简单说说给本书全部十八首诗歌作注解赏析的陈昶羽。我跟昶羽也很熟，他在南京大学读本科期间，曾经获得全额奖学金并来美国著名的常春藤盟校宾夕法尼亚大学做了一年访问学生。因为隔得近，我常去看他，我们有很多深入的交流。昶羽有着同龄人中少见的成熟，他的言谈时常让我有所启发。昶羽对这十八首诗歌撰写的赏析我非常喜欢，又动情又克制，又朴素又深刻，这是一个饱读诗书、胸怀家国天下的青年才俊。我相信对于这一点，读者看完本书后定会有同感。

2019.5

（作者系陈行甲大学同学。大学毕业后在外企工作多年，后赴美留学。毕业后曾在美国多家保险和咨询公司工作，现为一家大型医疗保险公司精算师）

后记

陈行甲

2018年7月9日上午，我讲的夏令营第一课顺利地结束了。三年前推荐发表我的文章的人民日报出版社编辑张炜煜，还有《中国青年报》记者张夺、人民网的记者朱唯信全程参与了课程现场。孩子们分成了小组，每个孩子面前都有桌签。课程第一阶段是我讲了半个小时诗歌的赏析方法，第二阶段是孩子们在志愿者老师的陪伴下开展小组讨论，每个小组讨论学习其中的一首诗歌。每个孩子都发言，最后每个小组推选两个孩子上台，一个朗诵诗歌，另一个代表小组做诗歌赏析。然后我对每个小组的赏析做点评，再跟大家分享陈昶羽撰写的对这首诗的赏析要点。现场孩子们的反应超出了我的预期，他们从最开始怯怯的样子，到后来尽情地融入，仅仅用了两堂课的时间。

课堂上有好多感人的细节。《望月怀远》那首诗最后赏析的时候，我跟大家分享：大家多数都是留守孩子，父母常年在外地打工。其实，人生的分离是常态，我们这一生中因种种原因，很多的时间都不会和亲人在一起，那么我们怎样才可以和他们产生连接呢？有孩子答：我们可以一起看月亮；有孩子答：我可以在梦中看到他们……好些孩子的眼眶湿润了。我想这就是诗歌的意义，美好的意象，美好的情感，他们感受到了，就永远属于他们了。

诗歌，可以说是这个世界上极廉价又极昂贵的情感载体。说它廉价是因为它的可及性非常方便；说它昂贵是因为一个人能够被诗歌打动，能够感受到诗歌之美，能够从中汲取成长的力量，这并不是一件容易的事。

我童年时读书条件很差，村办小学里多数是民办教师，妈妈只读过两年书，也不可能辅导我的功课，但是我的功课一直不错，小学毕业时统考成绩是全乡第一名，居然超过了所有在乡镇中心小学读书的孩子，这在我老家那个乡里是空前绝后的。在我之前乡里从来没有出现过这种情况，在我小学毕业后的近二十年里也没有人重复这个奇迹。再往后，随着村办教学点被普遍撤销，这个纪录就真的绝后了。前些年，我回乡时遇见一位已经白发苍苍的启蒙老师，他说我是他教学生涯中遇到过的一个极其特别的学生，像是"开了天眼"。老师曾讲到一件我早已忘掉的事情：小学四年级的时候一次期末考试，学校突然接到通知要全县统考。结果那一次的考试数学只有我一个人及格了，并且我考了94分。

我想，如果我真的如老师所说"开过天眼"，那这个"天眼"就是诗歌给我的馈赠。那一首首诗歌像清冽的山泉一样慢慢地沁入我的心底，让我隔着漫长的时空和古今的诗人心灵相会，让我一点点获得了对那些眼前看不见的事物想象和感受的能力。记得青山那一边，那种很模糊的、远远地发着光的诗歌之美，在那个偏远穷困的山村，温柔地抚摸着我的心灵，给了我无尽的力量，照亮了我走往山外的路程。

　　课程结束后，我们好几个从山村走出来的人对现在的社会阶层逐渐板结这个话题谈了很多。封闭的环境，在外打工的父母，视野不那么开阔的老师，沉重的生活压力，让偏远山村的留守孩子们，被远远地甩在城里孩子的起跑线后面。近些年，重点大学里面，贫寒人家孩子的比例在大幅度地减少，这是一个不争的事实。

　　这是一个有些悲凉的，需要被重视、为此作出改变的事实：底层人越有向上流动的希望，这个社会才越有活力。我们这些从大山里幸运地走出来的人，有责任帮助和昨天的我们一样的他们，去给他们一些光亮，去给他们传递这种希望的力量，带着他们跨越人生的山与海。

　　希望能够有更多的我们，来帮助更多的他们。

孩子们纯真的笑脸是治愈生活的一剂良药

    2018 年，陈行甲带贫困山区孩子去海边夏令营时，按历史脉络梳理出 18 首关于山与海的诗歌，并在现场带孩子赏析。直到现在，陈行甲仍然和参加"梦想行动·童行中国"公益项目的孩子一起，在现场赏析本书内容

2018

2019

梦想课堂的力量
指引着我们去找寻山外边的大海

2020

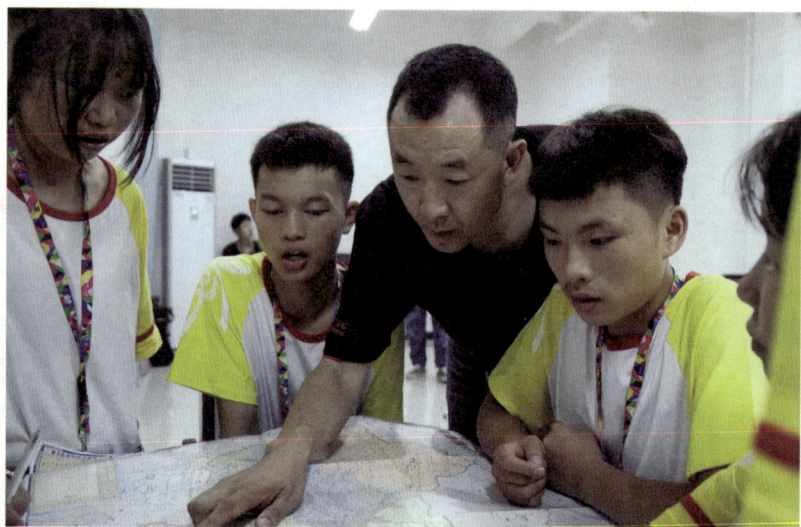

2020

2021

2022